Brain Terror

Leseproben

Short Stories von Claudia J. Schulze

Auswahl: Auszug aus:

„Lebenszeihen", „Früher Frost" „Glückspillen", © 2017

(Printmedien und Audiobooks)

Sonder-Edition © 2020

L´enfer, c´est les autres

(Jean-Paul Sarte, Huis clos)

SoSonndeder-r-EdEditioitionn mmiit A t A ususzüzügegenn

Herstellung und Verlag: BoD – Books on Demand, Norderstedt

Autor: Claudia J . S chulze © 2 021

Titelbild: Claudia J. Schulze. Illustrationen: Klára S edlo, P rag Lektorat: M atthias

Ziebarth, F rankfurt a m M ain

ISBN: 9783744888745

Das wahre und interessante Leben eines menschlichen Wesens spielt sich im Verborgenen wie unter dem Schleier der Nacht ab... Jede persönliche Existenz ist ein Geheimnis.

Anton Pawlowitsch Tschechow

5

Thanatophobia

Ich bin, man darf es wohl leider getrost so nennen, eine multiphobische Persönlichkeit, zumeist irgendwie paralysiert und in einem beinahe konstanten Zustand der Panik. Eigentlich ist es eher schwer einzugrenzen, wovor ich die größte Angst verspüre. Sind es Aufzüge oder Spinnen? Spinnen in Aufzügen? Doch ernsthaft: So etwas ist kein Zuckerschlecken; gönnen täte ich es wohl noch nicht einmal meinem schlimmsten Feind (höchstens möglicherweise einer winzig kleinen, kaum ausgeprägten Sozialphobie, keinesfalls jedoch mehr). Mein Therapeut, ein ausgewiesen kluger, überaus lebenserfahrener, ruhiger Mensch, empfahl mir eines Tages einige meiner Ängste zu malen, um sie so gewissermaßen aus mir selbst herauszuprojiziieren. Die Idee selbst fand ich, an und für sich, ganz gut. Womit nur niemand rechnen konnte war, dass zum einen gleich so viele Bilder entstanden, und zum anderen, dass diese Bilder der Frau des Therapeuten, einer überregional angesehenen Künstlerin, durchaus gefielen, so dass eine Ausstellung anberaumt wurde. Eine recht exklusive Galerie aus dem Zentrum Frankreichs stellte meine Bilder unter dem Titel „Brain Terror" aus. Der Star des Abends war das in grellen Farben gehaltene und beleuchtete Bild „Thanatophobia", welches nur durch die Anwesenheit eines kleinen schwarzen Vogels, links in der Ecke, und einigen unvermittelt erschienenen düsteren Flecken und gräulichen Würmern, leicht dunkel unterbrochen wurde.

Ein Nervenarzt kaufte dieses Bild für seine Praxis, musste es aber, wie er mir bei einem zufälligen Treffen auf einem bekannten virtuellen Marktplatz, einige Monate später, wieder abhängen, da sich die Ängste einiger seiner Patienten durch dieses Bild verstärkt hätten, wie er etwas zerknirscht einräumte. Die Galeristin, Frau Erdmute Kümmel, der ich bei einem gemeinsamen Kinoabend beiläufig davon erzählte, zeigte sich hingegen begeistert, denn von einem solchen Einfluss eines Bildes könne man in der Kunstwelt zuweilen nur träumen. Sie fragte mich, ob nicht weitere Bilder, gar eine erneute Ausstellung, geplant seien und deutete attraktive finanzielle Möglichkeiten an, auf welche ich doch sicherlich nicht verzichten wolle. Und nur wegen der ein oder anderen hysterischen Patientin... Ich lehnte höflich ab. Gerade diesen Effekt hatte ich nämlich durchaus nicht erzielen wollen. Warum ich mir jedoch dennoch gestern zu meinen übrigen Leinwänden noch Bilderrahmen, Lack, Farben und sogar ein ganzes Set neuer Pinsel gekauft habe, kann ich mir bisher selbst noch nicht so recht erklären. Vielleicht nur deswegen, weil mich weiße, leere Leinwände am meisten erschrecken.

Des Wahnsinns Beute

Sie war so ein Mensch, der, wenngleich auch nicht wirklich am Anderen interessiert, sich doch zumindest die nützliche Fähigkeit zur Heuchelei bewahrt hatte, mit welcher es ihr ganz vortrefflich gelang ein ausgesprochenes Interesse an ihren Erzählungen, den Nöten und den Vorkommnissen - kurzum ein Interesse am Leben Anderer vorzugeben. Nur ab und zu war ihr in letzter Zeit ein unanständiger Gähner entschlüpft, hatte eine winzige Abweichung ihrer Stimme oder ein kaum sichtbares, schnelles Abschweifen ihrer Blicke die Wahrheit entblößt- nämlich die schnell wachsende Abneigung an den Geschichten Anderer - wenngleich ihr Interesse, eben diese das nicht merken zu lassen, durchaus noch vorhanden war. Vermutlich lag es daran, dass ihr der prinzipielle Tauschwert eben jener Währung bekannt war – allzu bekannt durch eine, während einer heftig durchlebten psychotischen Phase überall qualvoll empfundene Einsamkeit ausgelöst durch die Unmöglichkeit mit Anderen in einen zumindest annähernd vernünftigen Kontakt zu treten. Auch hatte sie sich des Eindrucks nicht erwehren können, dass man sie mied. Dies war keinesfalls lediglich ein trügerisches Gespinst ihrer Einbildung. In der Tat versetzte ihr temporäres Abgleiten in den Wahnsinn Nachbarn, Freunde wie Verwandte gleichermaßen in eine elende, sehr schwer zu beschreibende Stimmung. Ob es eine allgemeine Alarmbereitschaft war oder eine viel spezifischere Abscheu, vermochte sie nicht mit Sicherheit zu sagen – doch stand es außer Frage, dass sich die Menschen von ihr abwandten, dass ihr Anders- Sein zu einem Graben wurde, den kaum einer mehr gewillt war zu überbrücken. Kein Sturm, nicht einmal mehr ein kleiner Wind. Vielmehr der schwüle und trockene Stillstand eines Gewächshauses, in welchem weder Tomaten noch rustikale Bohnen gediehen, sondern ausschließlich wurmartige Gebilde, furchtbar wunderliche und garstige Auswüchse eines geradezu tückischen Wahnsinns, mit dem ihr Geist sie vorübergehend streng bestraft hatte. Wie eine Strafe, vermutlich gar die höchst denkbare Strafe, war ihr das zumindest vorgekommen. Eine ganze Weile hatte es gedauert sich aus dem bedrohlichen, giftgrün wirkenden Geflecht und den darin notwendigerweise verwobenen Fallstricken in sich zu befreien. Ich denke nicht, dass es ihr hinterher noch möglich war ein ernsthaftes Interesse für einen anderen Menschen aufzubringen. Wenn man einmal so weit weg war- gleichsam als hätte man vom Baum der Erkenntnis gegessen - wie kann man dann jemals wieder in den mehr oder weniger paradiesischen Zustand der Unkenntnis gelangen? Der Unkenntnis darüber, dass die Hölle kein Ort ist, der einen erst nach dem Tod erwartet und der irgendwo ganz tief unter der Erde lokalisiert ist. Das schmerzhafte Wissen darüber, dass sie mitten in uns sitzt. Das Wissen darüber, dass sie unsere Seelen mit einem Schlag zerschmettern kann, oder aber sie auch langsam ersticken kann, wie es ihr beliebt. Die Hölle, die jederzeit ausbrechen kann wie ein bös-artiger, schon menschlich agierender Vulkan und alles, das jemals gut war, auslöschen kann, wenn ihr danach ist.

Das Wissen darüber, dass man dennoch auf eine Art angezogen ist von dem Weg zum Wahnsinn hin. Angezogen von der Verlockung sich ihm ganz und gar hinzugeben. Ich denke das Gefühl einer solch universellen Bedrohung lässt keinen Zweifel daran aufkommen, dass es vielleicht einen Weg hinaus geben mag – nicht aber einen Weg zurück.

Und so stand sie draußen. Sie stand da ebenso draußen, draußen vor der Tür, wie einst der Kriegs-heimkehrer Wolfgang Borchert, von dem sie in der Schule etwas gelesen hatte. Der Heimkehrer, der keiner war. Nur, anders als er, hatte sie ihren Fuß in der Tür. Zumindest den. Ihre Verbindungsstelle waren die Konventionen, die sie studierte und an denen sie sich zu orientieren vermochte.

Auch fand sie heraus welche Eigenschaften bei den meisten Menschen die geschätztesten waren, und sie machte sie sich zu Eigen.

Eine dieser Eigenschaften war ohne Zweifel das Zuhören-Können.

Bald schon war sie dafür bekannt immer ein Ohr für die Menschen zu haben, aufmerksam und interessiert dem zu lauschen, was sie ihr zu offenbaren sich getrauten.

Diese Gabe, die ja keine war, sondern lediglich etwas Antrainiertes, verhalf ihr über einen langen Zeitraum zu so etwas wie Freundschaften. Sie fühlte sich wohl dabei. Nur konnte wohl damals niemand außer ihr selbst wissen, dass auch dieses zeitlich begrenzt sein würde, denn die Krankheit, in ihr regte sich wieder.

Die Krankheit, die sie von jedem abtrennte – auch, und vor allem, von sich selbst. Es begann unscheinbar mit der vorab erwähnten zunehmenden Unfähigkeit das Interesse für den anderen wenigstens noch vorzugeben. Ihr Gähnen kam für den, der sich ihr öffnen wollte, einem Schlag ins Gesicht gleich. Man nahm es ihr übel. Es schien einfach alles zu entwerten und in Frage zu stellen. Anderen Menschen hätte man es vielleicht nachgesehen – nicht aber ihr. Zu hoch war die Meinung über sie mittlerweile angewachsen. Fast schon hatte diese hohe Meinung an Verehrung gegrenzt denn unter den Menschen gibt es nur wenige, die zuhören können. Umso besonderer, verehrenswerter war sie erschienen – als eine Ausnahme, als jemand, der die Welt besser machte als sie tatsächlich war.

Diesen Glauben, diese Hoffnung hatte sie zu geben vermocht. Und beides zerbarst an der Grausamkeit ihres Gähnens, dem winzigen, aber unüberhörbaren Ton des vollkommenen Gelangweilt-Seins in ihrer Stimme, dem unabwendbaren Abschweifen ihrer Augen, dem offenbaren Unwillen die anderen auch nur noch aussprechen zu lassen.
Und sie, die das Gefühl ihres ganzen Werts, ihrer Wichtigkeit aus ihr geschöpft hatten, fühlten sich mit einem Mal so furchtbar betrogen.
Als der Wahnsinn sie schließlich wieder fest bei sich hielt und sie ganz und gar für sich alleine zu haben glaubte, bemerkte er, dass sie diesmal nicht alleine gekommen war.

Viele waren ihr gefolgt. Weitaus zu viele für seinen Geschmack, denn selbst der Wahnsinn ist ab und an gerne für sich.

Die Hölle

Nachts kann ich jetzt immer so schlecht schlafen. Ich höre es ticken. Klack. Klack. Es wird lauter. Wie bei einem Küchenwecker der erst kurz vor dem Rasseln lauter wird. Klack. Klack. Klack. Ich spüre es. Ich weiß es. Sobald er rasselt ist unsere Zeit abgelaufen. Ist meine Zeit abgelaufen.

In diesem Jahr musste sich entscheiden ob unsere Liebe sterben würde oder nicht. Ob sie meine innere Hölle überleben würde. Die Hölle, deren Tor du für mich geöffnet hast.

Die Hölle, über die wir beide nicht mehr sprechen können. Über die niemand jemals wirklich wird sprechen können.

Das hatte ich Dir im vergangenen Herbst gesagt.

Jetzt ist es Mai. Die letzte Nacht im Mai. Und unsere Zeit läuft ab. Meine Zeit. Sie ist schon abgelaufen. Das lauterwerdende Klack erinnert daran. Denn nur wenn das Ende schon beinahe erreicht ist wird das Geräusch lauter. Aber ich glaube es erst, wenn der Wecker wirklich rasselt. Obwohl ich es jetzt schon weiß. Beinahe. Morsch fühl ich mich, gar nicht so wie man sich im Mai so fühlen sollte. Von Särgen träume ich. Und du liegst drin. Ob ich Dir das sagen soll? Nein. Ich will dir keine Angst machen. Obwohl das angeblich nicht bedeutet, dass du wirklich stirbst. Es ist eher symbolisch. Etwas ist zu Ende. Einfach abgelaufen. Klack. Klack. Mit diesem kleinen, lächerlichen Geräusch. Völlig unspektakulär. Ich wundere ich mich. Aber ich weiß nicht, worüber. Morgen früh wirst Du wieder launig Deinen Kaffee trinken. Du wirst mit mir etwas unternehmen wollen. Vielleicht frühstücken gehen? Es ist ja Feiertag. Da kann man sich so was ja schon einmal gönnen...Du wirst mich einladen.

Ich werde mitkommen da ich sowieso nichts Besseres zu tun habe. Du wirst Dir eine Zigarette anzünden. Dann werde ich mir noch eine Portion Spagetti bestellen. Du wirst mich fragen, ob ich nicht schon genug gehabt hätte. Das werde ich verneinen. Den Anblick der Spaghetti werde ich genießen. Der Typ aus der Küche macht sie hier nämlich immer so matschig. Dann wird mir schlecht werden. Im Klo von der Kneipe.

Wesentlich zu viele Spaghetti. Du wirst es aber nicht mitkriegen. Dezent lächelnd werde ich an Deinen Tisch zurückkommen. Klack. Klack.

Du wirst zahlen. Nur die Spaghetti muss ich selbst zahlen. Die waren ja nicht geplant. Zum Frühstück.

So was konnte man ja vorher nicht wissen.

Dämonen

Oft sind es unsere eigenen, unsere inneren Dämonen. Jene, die wir nicht besiegen können und die uns gerade deshalb dazu zwingen all das in die Welt zu tragen was wir anders klären könnten- nämlich mit uns selbst. Die Dämonen sind es, zusammen mit unserer Unfähigkeit ihnen beizukommen, welche uns Sündenböcke suchen lassen an denen etwas, was viel zu massiv, viel zu tief ist als dass es auch nur im Ansatz mit eben jenen etwas zu tun haben könnte, aus-gelassen wird. Ich sehe Mord, ich sehe unendliches Leid wenn ich in die Zukunft schaue. Diese Gabe, wie oft habe ich sie verflucht. So warnt man nur, gibt sich der Gefahr hin für unzurechnungsfähig gehalten zu werden, kommt damit zurecht, scheitert andererseits dennoch daran, dass einem nicht geglaubt wird. In der international erfreulich dicht vernetzten Selbsthilfe-gruppe MANOMYNUS, in welcher immerhin jedes Medium ausreichend Gehör findet, wird dies oft und aus-führlich auf den Tisch gebracht. Sehenden Auges steht man da und kann nichts tun. Kann nichts tun an der Übernahme der Welt durch die Dämonen, die jeden einzelnen von uns entmenschlichen, die sich für uns ausgeben. „Vertraut dem Prozess", pflegt unser Ober-Medium, ein ehemaliger Arzt aus dem Kongo zu sagen. Er weiß, wovon er spricht. Viel darf ich nicht erzählen. Wer weiß, welche Mächte das entfesselte.

Doch achte gut auf die Dämonen, die sich für Dich ausgeben. Wenigstens dies sei Dir schuldig.

Keine Lust

Ich bin Psychologin. Mein Name ist Snjezàna.
Übersetzt heißt das Schneewittchen. Zum Glück weiß
das hier in Deutschland kaum jemand. Das hätte mir
gerade noch gefehlt. Meinen Namen mag ich nicht.
Ebenso wenig wie meinen Beruf. Eigentlich wollte ich
einmal Filmemacherin werden. Drehbuchautorin. So
etwas mit Glamour und Happy End inszenieren. Aber
jetzt ist das Hässliche mein Alltag. Das Traurige. Das
Verzweifelte. Das Verzagte. Nach meinem ersten
Termin am Morgen, es ist Frau M. wie jeden Tag seit
einem Jahr, muss ich erst einmal eine Stunde Pause
machen. Frau M. macht mich fertig. Ehrlich. Seit
einem Jahr will sie sich umbringen, weil ihr Mann sie
verlassen hat. Das Übliche. Dabei könnte sie doch froh
sein den triebgesteuerten Versager los zu sein. Ich
würde sie gerne schütteln und ihr eine zimmern aber
als Psychologin wäre das nicht wirklich professionell.
Vielleicht ist das aber nur eine Ausrede für meine
Aggressions-Hemmung. Auch privat bin ich immer so
höflich und freundlich. Nach Feierabend höre ich mir
die Probleme meiner Freundinnen zum Nulltarif an.
Ob das was mit meinem Vorbild Schopenhauer zu tun
hat? Oder mit mangelnder Selbstbehauptung?
Vermutlich mit beidem. Die Überwindung des Willens
eben. Und deshalb geht es nie um mich. Das ist
tragisch.

Selbst für die zahllosen streunenden Katzen aus der Nachbarschaft – mittlerweile immerhin sechs oder sieben - bin ich nur die Dosenöffnerin.

Letztlich ging es mir so schlecht, dass ich selbst schon zu einer Kollegin in Therapie wollte. Oder gleich in die Klinik. Ich weiß nicht, ob was der Auslöser war. Aber am nächsten Morgen sagte ich zu Frau M., sie solle mich mit ihrem gottverdammten Leben in Ruhe lassen und mir den persönlichen Gefallen erweisen, sich jetzt sofort und auf der Stelle umzubringen. Ich bot ihr immerhin an, sie bis zur Rheinbrücke zu begleiten um dann von der Seestraße aus ihrem Freitod bei-zuwohnen.

Um das Ganze nicht so anonym zu gestalten. *„Ich habe nämlich"*, so erklärte ich meinen plötzlichen Sinneswandel was die Erhaltung ihres Lebens betraf, *„einfach keine Lust mehr"*. Frau M. griff meinen Vorschlag auf. Zunächst noch etwas ambivalent aber dann zunehmend sicherer trabten wir nebeneinander her gen Rheinbrücke. Oben angekommen gab ich ihr die Hand und wünschte ihr für den winzigen aber durchaus wichtigen Rest ihres Lebens alles Gute.

Sie nickte dankbar und erwiderte meine positiven Wünsche.

Seit langem war sie mir nicht mehr so sympathisch gewesen.

Ich stieg die Treppen herab, setzte mich auf die erste Bank auf der Seestraße und zündete mir eine Gauloise an. Liberté toujours.

Frau M. kam nicht richtig in die Hufe. Sie zauderte und sträubte sich. Rang mit sich. Derweilen überlegte ich mir, wie sich das am besten filmen ließe und testete im Geiste die raffiniertesten Kameraeinstellungen aus. Dann überlegte ich mir eine passende Filmmusik. Ich konnte mich nicht zwischen dem *Weißen Hai*, *Psycho* oder *Vom Winde Verweht* entscheiden.

Frau M. lungerte immer noch auf der Rheinbrücke rum. Aufmunternd winkte ich sie symbolisch mit der Hand herunter um ihr den Absprung zu erleichtern. Doch das nützte nicht wirklich etwas.

Im Gegenteil. Zwar kam sie daraufhin runter, aber nicht so wie ich mir das vorgestellt hatte.

Vielmehr benutzte sie die Treppen. Unten angelangt meinte sie lahm, *„ach, ich hatte plötzlich keine Lust mehr"*.
Ich gab mich verständnisvoll und bot ihr eine von meinen Gauloises an. *„Keine Lust, was?"* Ich grinste. Sie grinste zurück. So ganz wohl war mir bei der Sache aber nicht.

Vorsichtshalber habe ich meine Praxis noch am gleichen Tag endgültig geschlossen.

Prager Frost

Es geschah am 15. Januar des Jahres 1887, als Anton, Sohn des Schuhmachers Nathanael Sternberger zu Prag, mit einem Herzleiden geboren, und infolgedessen von seinem Vater von Anbeginn seines Lebens ignoriert wurde.

Zunächst war man sich nicht sicher, ob dieses merkwürdige Verhalten Antons Krankheit oder aber vielmehr einer Eigenart des Schusters im Umgang mit Neugeborenen zuzuordnen war. Doch als Elias, der Zweitgeborene, in der Johannisnacht des darauffolgenden Jahres die Welt erblickte und Anton das Bettchen der Neugeborenen streitig machte, stellte man voller Verwunderung fest, dass Nathanael wie ein Schatten an Elias hing, und es kaum einen Augenblick gab, in dem er ihn nicht mit äußerstem Stolz im Ausdruck mit sich herumgetragen hätte.

Anton hingegen würdigte er kaum einer Erwähnung - geschweige denn eines Blickes.

So wuchs der Erstgeborene, ungeachtet der zahlreichen Bemühungen seiner ebenfalls recht kränklich veranlagten Mutter, weitgehend für sich auf, eingesponnen in das Geflecht seiner eigenen, beinahe schon phantastisch anmutenden Welt, in dem Körper und Körperlichkeit ihre tragende Rolle verloren hatten. Selbst größte Hitze und die vielbeklagte Kälte des Prager Winters machten ihm in dieser Lage nichts mehr aus. Weit weg war er, flog über alle und alles hinüber. Gelegentlich sogar über sich selbst. Elias hingegen wuchs und gedieh zu einem prächtigen, hochgewachsenen, ganz außerordentlich starken Mann, der sich in allerlei Wettkämpfen maß, wobei es in den allermeisten Fällen bereits festzustehen schien, dass Elias, und niemand Geringerer als er, den ersten Preis bei jeglicher so gearteten Veranstaltung würde erreichen können - vielleicht sogar würde erreichen müssen.

So sehr sein Vater den Blick von Anton abgewandt hatte, so sehr haftete dieser nun auf dem Stolz seiner Tage, auf Elias, dem prächtigsten, dem begehrenswertesten, dem unverletzbarsten aller jungen Männer vor Ort.

Anton hingegen hatte sich, besonders nach dem Tod seiner Mutter, in einem der besonders feuchten und verregneten Frühsommer, welche an manchen Tagen sogar mit Frost begannen und somit leicht imstande waren einem auch noch den winzigsten, kümmerlichsten Rest von Lebensfreude zu entziehen, nun vollends in seine eigene Welt geflüchtet.

In oft Monate andauernden Meditationen suchte er sich dem Wesen der Dinge zu nähern.

Interessieren tat man sich nicht für den blassen, fast durchscheinenden Anton, bis der Pfarrer durch einen Zufall entdeckte, dass es niemandem außer Anton gegeben war die rechten Worte für die jeweils

Trauernden einer Gemeinde zu finden.

Anton wurde nun immer häufiger dazu gezogen, selbst die Predigten verfasste er mittlerweile - im Auftrag des Pastors zwar- doch war es nicht im Interesse desselben diesen Umstand an die größte der alten Kirchenglocken zu hängen, so dass nur ein zartes Bimmeln, ein kleines Raunen durch die Schar der Gemeinde ging, wenn einer der Sätze ihnen zu gut durchdacht, zu filigran gefeilt, zu kunstfertig und allzu nachdenklich zu ihnen sprach.

Wohl wussten sie, dass ein solcher Satz nur aus Antons Feder stammen konnte, doch hielt man es dem Pastor zugute, dass dieser Anton immerhin entdeckt und der Gemeinde zugänglich gemacht hatte.

Nur, gerade so als könne er noch immer nicht aus seiner Haut: Antons Vater teilte die hohe Meinung, welche sich seinem Sohn nun von allen Seiten offenbarte, nicht. Misstrauisch saß er fortan in der letzten der Kirchenbänke, nur noch die unmittelbar tröstende Gewissheit im Rücken von dieser jederzeit und unbemerkt ins Freie entweichen zu können, sollte die Verehrung seines verkrüppelten und kränklichen Sohnes Anton noch albernere Züge als bisher annehmen.

Die Sonntagnachmittage hingegen entschädigten den Vater allesamt für die zu einer lästigen Pflicht gewordenen Kirchenbesuche.

Mit Elias trainierte er im Wald, bereitete ihn auf das nächste Dorfrennen vor oder auf das Kräftemessen im Heben schwerer Gegenstände, wie umgeschlagener Baumstämme.

Ich denke nicht, dass es Grausamkeit des Schicksals war oder gar eine Art Rache am Vater. An solcherlei primitive Kausalzusammenhänge, welche von purer Rachlust eines vermeintlich höherstehenden Wesens zeugen würden - könnte ich niemals glauben. Wäre es doch ein solch unsinniges Unterfangen, das es mir unwahrscheinlich erschiene, warum sich jemand diese Mühe machen sollte. Doch schweife ich ab, greife voraus, denn dieser meiner Überlegung kam ein gänzlich unvorhersehbares Ereignis zuvor.

Elias, der Schöne und Starke, der immer lachende und wettergebräunte Liebling des Vaters und Favorit so ziemlich jeder Frau des Ortes (selbstverständlich wie es sich geziemte: Im Verborgenen) fiel an einem dieser Sonntagnachmittage mit dem Gesicht nach vorn der Länge nach um, wie ein gefällter Baum. Mit dem Gesicht im frischen Junigras lag er regungslos.

Der Vater lief in stummem Entsetzen in den Wald hinein, ließ den Toten unter Schmerzen, die kaum eines Menschen Geist ertragen konnten, zurück und wurde erst fünf Tage später, fast unmittelbar vor der Beisetzung des geliebten Sohnes, wieder gefunden, aufgegriffen, mit Nahrung und ausreichend Selbstgebranntem versorgt, in einen schwarzen Anzug gesteckt und beinahe willenlos zur Kirche geführt. Trotz der Bemühungen der Nachbarin dies noch auf dem Weg mit Kamm und Bartschere zu ändern erreichte er diese zerzaust wie ein heimatloser Vogel und bärtig wie ein Tagedieb. Elias, dort aufgebahrt, sah noch im Tod wie das Leben selbst aus.

Das dichte helle Haar umschmiegte sein schönes Gesicht. Unwillkürlich breitete sich ein kurzes Lächeln des Vaterstolzes auf seinen Lippen aus, erwuchs und erlosch im Augenblick, in dem sich Anton, bleich und verwachsen, mit ernstem, gefasstem Gesichtsausdruck den beiden näherte. Vater und Sohn.

Selbst im Tod war Elias dem Vater näher, und er gab sich keinerlei Mühe dies vor Anton zu verbergen. Im Gegenteil. Wut stieg in ihm hoch und verweilte boshaft in seiner Kehle, steckte fest und wuchs von dort nach innen, verknotetete sich zu einem in sich nicht zu entwirrenden Klumpen des Hasses darüber, dass es der falsche Sohn war, der nun gleich zu Grabe getragen werden musste.

„Vater", sprach Anton leise, setzte sich neben Nathanael und nahm seine große, grobe und warme Hand in die Seinen. Feingliedrig und kühl, beinahe wie die Hände einer Frau fühlten sie sich an. Kaum spürte Nathanael sie bei sich - und doch war sie da, diese unsägliche Hand. So wie Anton da war. Anton, der ihm während der gesamten Zeremonie nicht von der Seite wich. Der Vater konnte beim besten Willen nicht sagen, ob ihm dieser Ausdruck plötzlicher Nähe zutiefst zuwider oder einfach nur unangenehm sein sollte.

Die Blicke der Gemeinde, die mit einem gewissen Wohlwollen auf ihm ruhten, gerade so als sei dies hier, seine Geschichte, die nun zu etwas Besonderem geworden war etwas, das sie auf verstörende Weise entzückte, empfand er als empörend, als geradezu unerhört.

Eine Variante des „verlorenen Sohns", die ihm nicht geheuer war, und welche im Grunde nichts mit dieser traurigen und unsinnigen Geschichte zu tun hatte, welche sich den Verlust seines geliebten Sohnes zum Inhalt schuf. Wie dies nun zu einer Art biblischer Geschichte anwuchs entzog sich seinem Verständnis.

Wie er die so offenbar selbstzufriedene Gemeinde in jenem Moment hasste.

Er hätte Feuer in ihre Mitte schleudern wollen - kraft seiner Hände, falls es ihm nur möglich gewesen wäre. Doch wem machte er hier etwas vor? Nichts würde er schleudern, gar nichts. Er, Nathanael, saß hier vor der Leiche seines Sohnes, der noch vor einer Woche der Inbegriff eines unvergänglich scheinenden, mit allem nur Erdenklichen reichlich gesegneten Menschen gewesen war. Und obgleich mir der Gedanke, dass es Grausamkeit des Schicksals war, noch immer fernliegt, und ich mich noch immer nicht zu einem Glauben an die Rache eines Gottes bekennen kann - Antons Vater tat es. Es musste einen Schuldigen geben.

So etwas konnte nicht einfach nur so geschehen, einfach nur so. Hätte dies doch bedeutet, dass das Leben seines Elias letztlich bedeutungslos gewesen wäre.

Nein. Sinn und Bedeutung mussten sich irgendwo verbergen. Er musste nur suchen, suchen.

Anton, mit dem Ausdruck eines ihm widerwärtigen Mitleids, verwies ihn auf seine eigene, nun schon Jahre zurückliegende Suche.

Der Sohn wollte ihn teilhaben lassen an dem, was er gefunden zu haben glaubte. Meditation. Was für eine Zumutung. Ein bitterer Geschmack in seinem Mund, ein unwillkürliches Ballen seiner Fäuste war alles, was er darauf zu antworten gewillt war. Doch nein. Er würde natürlich weder vor Anton ausspucken noch ihn schlagen. Er würde sich, der Teufel wusste warum, wenigstens diesmal, dieses Mal noch gehörig zusammennehmen und dabei zumindest vorgeben Anton zu mögen. Was Nathanael weder ahnen noch wissen konnte war, dass Anton nur scheinbar die Kunst der Meditation erlernt hatte.

In Wahrheit war er über diese hinausgegangen, hatte sich etwas Diabolischem, dem „luziden Träumen", hingegeben, wodurch es ihm gelungen war seinen Körper, mit dem ihn ohnehin nichts verband, zeitweise zu verlassen. Auf dieser Ebene, und wieder möchte ich betonen, dass er, obgleich von gewissen diabolischen Kenntnissen durchdrungen, kein sehr einfacher und besonders schnöder Racheakt der Tatsache zuzuordnen war, dass er auf einer dieser luziden Reisen seinen jüngeren Bruder Elias über den Umweg seines Geistes getötet hatte.

Rache war indes nicht seine Absicht gewesen.

Er verspürte keinen Groll gegen Elias, wenngleich er davon ausging, dass Nathanael, sein Vater, durchaus eine wichtige Lektion zu erlernen habe.

Doch auch diese Überlegung entbehrte primitiven und dumpfen Vergeltungsgedanken. Vielmehr war es ihm daran gelegen dem Vater die Angst vor dem Verlust zu nehmen, die diesen am Tag seiner Geburt, am Tag der Geburt des herzkranken Sohnes, ereilte.

Anton, unglücklicher Verursacher dieser gänzlich fruchtlosen Ängste, sah sich nun in der Pflicht dem Vater zu zeigen, dass es keiner Notwendigkeit entsprang sich allzu sehr an das irdische Dasein zu klammern, allzu sehr das Hier und Jetzt zu zelebrieren, wie er es gemeinsam mit Elias getan hatte.

Doch irrte er sich, der verblendete Vater, denn ganz andere Sphären hatte Anton durchwandert, wissend um die kurze Zeit auf Erden, wissend um die weitaus wichtigeren, größeren Dinge.

Jedoch erkannte er, der gelernt hatte aufs Genaueste in jeglichen Gesichtern zu lesen, die vergebliche Anstrengung seines Vaters, welcher sich in höchst ungelenker, offenkundig heuchlerischer Form um etwas falsche Freundlichkeit bemühte. Die Lüge war viel zu offensichtlich und wog zu schwer, doch, was für Anton noch sehr viel schwerer wog, war das damit einhergehende vollkommene Unverständnis, welches sich hiermit zugleich offenbarte und vor ihm entblößte.

Nun kam selbst Anton nicht mehr darum herum eine zunehmende Missgestimmtheit in sich zu spüren, welche zunächst nur ein wenig aufkeimte, um dann aber jedoch mit exponentieller Verstärkung all des bisher nie wahrgenommenen Ärgers zu etwas anzuwachsen, das weitaus stärker als er selbst zu sein schien.

Beinahe schon aus Gewohnheit verließ er fluchtartig seinen Körper, eine Übung die ihm durch lange Vertrautheit ein Leichtes war. Doch selbst da er nun vom Körper losgelöst den Vater von oben sah, konnte er sich von dieser Wut nicht lösen. Er versuchte es mit allerlei Ablenkungen – doch vergebens.
Und so geschah es, dass auch Nathanael, ähnlich wie sein Sohn Elias, ohne Vorwarnung und ohne ersichtlichen Grund noch in der Kirche mit einem erstaunten Röcheln leblos zusammenbrach.

Stöhnend fuhr Anton zurück in seinen Körper – wohl wissend, dass er nun wohl so etwas wie Schuld, oder doch zumindest so etwas wie Bedauern fühlen sollte.

Doch dem war nicht so. Die Feierlichkeiten um seinen Bruder und um seinen Vater ließ er noch über sich ergehen.

Wie zu erwarten stand die Gemeinde voll der guten Worte, die ihn jedoch nicht erreichten, hinter ihm.
Sie sagten ihm nichts mehr, vermochten nicht ihn umzustimmen.

Zuletzt pflanzte er (mitten in der Nacht, da dies für das Wachstum von Bäumen der Sage nach eine verhältnismäßig große Bedeutung spielte) einen kleinen, recht unscheinbaren Baum auf dem aufgeworfenen Grab der Verstorbenen, bekreuzigte sich, mehrfach sogar, verweigerte jedoch standhaft das Gebet.

Schließlich, nach reiflicher und quälender Überlegung, verließ er vollkommen unbemerkt die Stadt, was eine ungewöhnliche Anstrengung für ihn darstellte.
Ruhig musste er bleiben.

Unter allen Umständen ruhig.

Sein Herz klopfte laut in der aufkommenden Wärme der frühen Prager Morgenstunden.

Das rote Bild

Die Tage, an denen er tagsüber erwachte ohne die geringste Erinnerung an den vorangegangenen Tag zu haben, mehrten sich in letzter Zeit. Ja, er erinnerte sich zuweilen an Gefühle, an Schwere und an die Abwesenheit von etwas, das nicht zu benennen war.

Doch von wann dieser Erinnerungen waren, vermochte er beim besten Willen nicht zu sagen. Sie konnten Jahrzehnte alt sein. Leere und ein Zittern, das aus der Mitte seines Seins kamen, waren das einzig aktuelle Echo aus den jeweils vorangegangenen Tagen. Hinzu kam ein reißender Schmerz in der Schulter, der aber, davon ließ er sich immerhin nicht beirren, ausschließlich ihm allein gehörte und mit keinem Arzt oder gar Physiotherapeuten zu teilen war. Wie läppisch diese Berufe! Wie läppisch der Versuch einem den eigenen Schmerz nehmen zu wollen. *„I focus on the pain, the only thing that's real"*. Ja, das war eine Aussage, mit der er sich bereits vor Jahrzehnten angefreundet hatte. Ebenso wie mit dem roten Bild über seinem Fernseher. Dem Gerät hatte er schon seit Jahren endgültig den Stecker gezogen.
Das Bild jedoch rührte er nicht an.

Ehrfurchtsvoll betrachtete er es aus allen erdenklichen Perspektiven, zu unterschiedlichen Tag – und Nachtzeiten.

Er träumte in dumpfen Tagträumen und heißen Träumen in den Nächten (die zuweilen auch kalt sein konnten) von dem Bild und hoffte ihm eines Tages sein innerstes Geheimnis entreißen zu können.

Von der Künstlerin, durch die es damals zu ihm gekommen war, wusste man nur, dass sie wenige Tage nach Fertigstellung des Bildes an einer Überdosis der *Sonne* gestorben war: Der Sonne im übertragenen Sinn natürlich....*texture like sun, never a frown with golden brown.*

Die wahre Sonne allerdings war in dem Bild allerdings nicht zu finden, nicht einmal in einem winzigen Querverweis, einer minimalen Versprechung.

Und nicht einmal wenn gegen Mittag, besonders in den Sommermonaten, die echte Sonne über das Bild wanderte vermochte sie es nicht dieses zum Strahlen zu bringen. Das Bild wehrte sich gegen all diese Versuche, indem sich sein Rot in ein wüstes, fast gelbbräunliches hämisches Etwas wandelte, so als hätte man all jene Farben, die einem menschlichen Körper innewohnten, extrahiert und daraus eine so überaus abstoßende, Ekel erregende Farbkombination geschaffen, dass die Sonne selbst wohl nur noch froh, mehr noch: erleichtert sein konnte, wenn es auf den Abend zuging. Wer konnte es ihr verübeln?

Und ihm ging es ähnlich.

Die Abende waren immerhin etwas milder, sanfter, was auch der Tatsache geschuldet war, dass er seine Gehirnfunktionen mit Hilfe erstaunlich großer Mengen von Alkohol auf ein erträgliches Mindestmaß hatte drosseln können. ˋ

Eine all abendliche Vorfreude, die (wie immer) mit den Minuten gewachsen war, welche sich bald auf eine bestimmte und volle Stunde geeinigt haben würde, ergriff ihn. Abend für Abend. Seine heilige Aus-gehstunde.

Zu früh durfte man eine solche nicht ansetzen. Wollte man interessant bleiben, so musste es eine späte Stunde sein, zu der man (und somit er) in die Bars seiner Stadt einzufallen pflegte.

Doch hatte er sich zuvor einer List bedient. Ein kleiner Park, in dem er, fernab des Bildes, ein wenig Ruhe fand, bevor er sich dann wieder in etwas stürzte, das beinahe ebenso rot war wie das Bild über seinem untauglich gewordenen Fernseher.

Das Nachtleben. Rot war der Schleier, den er nach all den Getränken, dem Geschrei, Gelächter, Gegröle und den Zigaretten vor den Augen hatte. Rot wie ein dünner Schleier aus Blut, aufgetragen auf die kleine Glasplatte eines Mikroskops. Ein blasiger Schleier, der ihn unweigerlich eines Tages zu Fall bringen würde.

Irgendetwas, etwas Unerklärliches verband ihn mit dem Bild, ebenso wie mit dem roten Schleier vor seinen Augen.

Eine böse Nabelschnur legte sich zu späterer Stunde unvermittelt, spottend um seinen Hals, brachte ihn dazu sich zu übergeben, lautstark immerhin.

Irgendwann jedoch würde ihm die Luft ausgehen, so viel stand fest. Doch noch war er einigermaßen fern, dieser Tag. Trotz der Schmerzen in seinem Körper spürte er noch immer eine beinahe unverschämte Kraft in sich. Eine Kraft, die noch für viele Jahre eines Menschenlebens ausreichen dürfte – ungeachtet dessen, dass er selbst tagtäglich damit befasst war diese so lang vor ihm liegende Zeit zu verkürzen. Nur diese Kraft in ihm – sie wollte bleiben. Auf der Welt bleiben. Indes - wozu eigentlich?

Immer wieder bemächtigte sich genau diese Frage seiner. Die Angst vor der Heimkehr in seine Wohnung, in der niemand als das todbringende Bild auf ihn wartete, zehrte nun bereits seit Monaten an seinem Lebenswillen.

Nacht für Nacht fand er das Bild auf dem Boden wieder, so als fände er nur im Zustand des vollkommenen Rausches den Mut es von der Wand zu fegen wie eine Naturkraft, die nach dem Leben schrie. Tag für Tag jedoch hob er es wieder auf, fast ehrfürchtig, um es an seinen gewohnten Platz zu hängen.

Was heute, in dieser Nacht anders war, inwiefern sie sich grundsätzlich von all den anderen Nächten zuvor unterschied, vermochte er nicht zu sagen.

Jedoch fasste er den Entschluss, noch einigermaßen bei Bewusstsein, das Bild in dieser Nacht nicht nur von der Wand zu reißen. Nein. Diesmal würde er es zerstören.

Eine leise Angst stieg in ihm auf. Was, wenn er gemeinsam mit dem Bild sterben würde? Immerhin spürte er eine ungute Verbindung zwischen seinem eigenen Leben und dem Bild schon seit geraumer Zeit. Doch dann kehrte sich die Angst in einen trotzigen Mut. Immerhin war ihm schon lange klar, dass dieses Bild ihn tötete, töten würde.

Sollte er nun lediglich für eine Beschleunigung dieses gänzlich abscheulichen Prozesses sorgen, so wäre er wenigstens nicht nur der gelähmte, der hilflose Zuschauer.

Früher als sonst kehrte er heim, noch Herr der meisten seiner Sinne. Ohne zu zögern griff er sich das größte und schärfste Küchenmesser, riss das Bild auf den Boden und richtete es hin, zerschnitt und exekutierte alles, das ihm so verhasst worden war.

Still lag das Bild vor ihm. Es wehrte sich nicht. Natürlich nicht. Doch dann, fast höhnisch gab es seinen Inhalt preis und ergoss aus sich all die Flüssigkeiten eines Menschen auf den Boden, der in ein widerwärtiges Farbengemisch getaucht war, als man ihn vier Tage später dort vorfand – am Boden liegend, ein Messer in der Hand, den geschorenen Kopf auf dem zerstörten Bild gebettet.

Man hielt ihn für tot- doch das war er nicht.

Die unverschämte Kraft war noch immer in ihm. Selbst Monate später noch, als die anderen Patienten, die mit ihm in der Klinik waren, längst von der Monotonie des Klinikalltags und den Medikamenten weichgekocht waren, regte sich in ihm diese Kraft.

Im Keller hatte er einen abgelegenen Raum entdeckt, einen nicht genutzten Kunstraum, den ein gutmütiger, aufgeschlossener und zugleich bedauerlicherweise recht depressiv veranlagter Arzt aus der Hippie-Ära hatte einrichten lassen, bevor er sich mittels einiger gut gesetzter und chirurgisch einwandfreier Einschnitte am eigenen Körper aus dem Leben befördert hatte. Nichts als der Kunstraum erinnerte noch an ihn. Der Ausnahme-Patient aus der K11 (als solcher wurde er empfunden) jedoch hatte begonnen zu malen, unvergängliche Bilder in kühlen, schönen Farben, ein entfernt an grün erinnerndes Blau, ein beinahe weiß anmutendes Gelb. Lediglich die Farbe Rot vermied er konsequent.

Seine Schulter schmerzte nun kaum noch.

Zunächst hatte er sich recht sicher und gänzlich unbeobachtet gewähnt, doch aus irgendeinem ihm nicht ersichtlichen Grund wurde immer wieder neue Farbe nachbestellt. Einmal die Woche standen sie im Raum, Farbtuben und Pinsel, wie von einem Geist dort abgestellt - noch bevor er ihn betreten hatte.
 Das Rot, das er nicht benutzte sammelte sich an und belästigte ihn mit seiner Anwesenheit. Zuerst begann

er die roten Farbflaschen noch geduldig in einer der hinteren Ecken zu verstecken, bevor er an seinen Bildern zu malen begann. Doch bald war auch das nicht mehr ausreichend. Die Bestellungen wuchsen mit der Zeit, mit den Bestellungen und der Zeit wuchs das Rot. Rot blitzte an den unpassendsten Stellen und in den unpassendsten Momenten hervor.

Der genaue Zeitpunkt, an dem er sich entschloss sich dem Rot zu ergeben, kann heute nicht mehr, auch nicht aus den Akten seiner Ärzte, rekonstruiert werden. Doch stand in seiner Abschlussakte zu lesen, dass man ihn auf dem von Wasser und roter Farbe überschwemmten Kellerraum gefunden habe.

Ertrunken in einer Pfütze – gewissermaßen.

Eine Photographie der Spurensicherung, die (wie gewöhnlich) mit großer Geste und Blaulicht angerückt war, wurde beigefügt.

Die junge Praktikantin, die sich von ihren Kollegen bereits auf den ersten Blick unterschied, sah sich die Aufnahme lange an. Sie fand, dass dieses Bild seines Todes einem tatsächlichen Bild glich.

Einem viereckigen, roten Bild, in dessen Mitte ein erlöstes Etwas lag, das noch sehr entfernt an einen Menschen erinnerte.

An Leid und an Schmerz. Instinktiv griff sie sich an die Schulter, welche ihr seit ein paar Tagen, nach einer unüblich heftigen Bewegung während des noch uneingespielten Geschlechtsverkehrs mit ihrem etwas spröden Verlobten, schmerzte. Ja, ein echtes Bild. In der Tat.

Man legte ihr mit einer professionellen Bestimmtheit nahe solche abstrusen Vergleiche zu unterlassen und sich nunmehr auf ihre Arbeit zu konzentrieren.

Wahrscheinlich hat sie das auch versucht. Sie hatte etwas Ehrgeiziges und Diszipliniertes an sich, was diese Vermutung zu stützen vermag.

Doch die kleine Photographie, welche sie sich aus der Asservatenkammer gestohlen hatte, trug sie nun immer bei sich.

Ein unheimliches, klagend-rotes Bild, mit dem sie sich auf kaum erklärliche Weise verbunden und zugleich bedroht fühlte.

Die Tage wurden ihr nun oft schwerer als gewöhnlich. Oft unerträglich schwer.

Doch im Dunkeln gab es etwas, was sie rettete.

In den Nächten nämlich träumte sie nur in Blau.

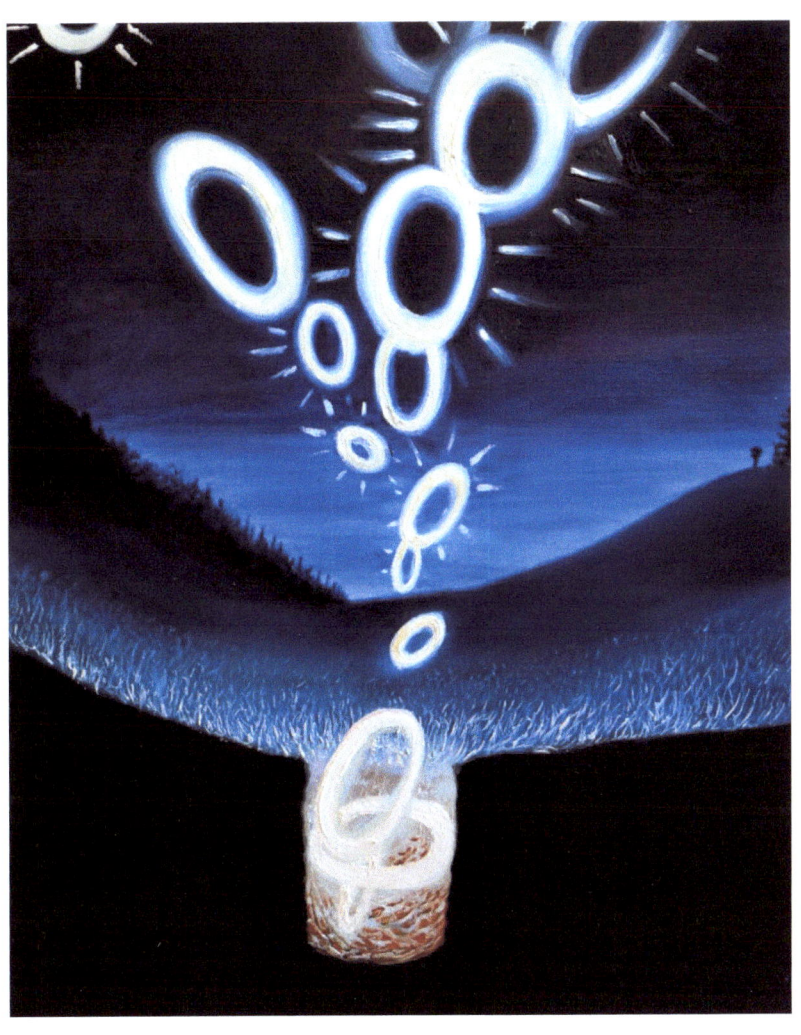

Schmerzlos

Wie er es gehasst hat, wenn ich auf der Treppe vor dem Haus saß und lachte. Schon damals wusste ich, dass er es mir nicht gönnte, dass er nicht nur mein

Lachen hasste, sondern vielmehr meine ganze Person. Oft kam mir in den Sinn das er wohl erst selbst glücklich sein könnte, wenn es mich nicht mehr geben würde. Ich weiß nicht ob er mir etwas Böses gönnte, soweit kann ich in meinen Spekulationen nicht gehen. Doch etwas Gutes zumindest, etwas Gutes gönnte er mir nicht. Seine Kleinlichkeit in diesen Dingen, die Steine, die er nach mir warf, sprachen für sich und strafte die aufgesetzte Freundlichkeit, mit der er mir zu begegnen pflegte, Lügen. In jenem Sommer in dem er das Kreuz aus dem Katzengrab unserer Familienkatzen gerissen hatte, so dass es nun wie das Satanszeichen halb auf dem Komposthaufen stak, hatte ich aufgehört auf der Treppe zu sitzen, in dem ich sogar begann mein Lachen auf das Drastischste zu reduzieren, begann mein Sterben. Ich fühlte es und ich fühle es noch. Es begann in dem Augenblick in dem mir bewusst wurde, dass er nur selbst würde lachen können wenn mein Lachen verstummt sein würde. Er hat es geschafft wie er alles schafft was er sich vornimmt. So wie er den Krebs damals besiegt hatte indem er einfach selbst zum Krebs wurde, zu einem sich ins unendlich ausbreitenden so bösen Etwas, zu einem Schatten der sich auf alles Lebendige legte um es zu ersticken. Die Beleidigung, die der Krebs damals ihm zugefügt hatte, indem er sich in empörender, gleichgültiger Schlampigkeit einfach in der Adresse geirrt hatte, war auf dem Weg gesühnt zu werden.

Denn nicht ich war damals krank geworden, sondern er. Der, welcher bis zu diesem Zeitpunkt ein Liebling der Götter genannt werden konnte und das, ohne zu übertreiben. Nun sehe ich ihn zwar eher als Gehilfen des Teufels an, doch möge man mir diese Polemik nachsehen. Durchaus bewusst bin ich mir, dass es sich um eine solche handeln könnte. Vielleicht war es ja auch noch nicht einmal nötig den Teufel zu bemühen. Vermutlich waren die kleinen und großen Steine, die er regelmäßig nach mir warf – selbstverständlich auch dies nur im übertragenen Sinn – ausreichend genug. Ein härterer Mensch als ich es bin wäre wohl durchaus in der Lage gewesen dem einen oder anderen Stein abprallen zu lassen, zurückzuschleudern.

Er hätte sich weggeduckt, hätte einen Helm getragen oder wäre in die Angriffsposition gegangen, keines-wegs hätte er, so wie ich, einfach nur darauf gehofft das es aufhören könnte. Irgendwann. Es hört niemals auf. Hier narrt uns die Hoffnung auf besonders schäbige Weise. Nur der Tod kann so etwas beenden. Vielleicht noch nicht mal er. Nun, da ich fühle, dass ich krank werde, wenn mir morgens beim Aufstehen schon das Blut aus der Nase rinnt und ich in den Nächten in kalter Hitze umherliege, ungeordnet wie die einzelne kleine Gabel, die nun einfach irgendwo liegt, da jemand den heimischen Besteckkasten eben einmal so umgekippt hat, boshaft einfach ausgeleert von jemandem, der die Dinge auf den Kopf gestellt hat, während es ihm selbst von Tag zu Tag besser zu gehen scheint. Der glänzend wie ein Messer ist, ein Messer, das noch einen zusätzlichen Schliff erhalten hat, stolz. So ist auch er denn er weiß, dass er es auch diesmal geschafft hat. Die Symbolik mag wohl abgegriffen erscheinen; das Messer hingegen ist es nicht. Er mag es nicht, wenn sich das Schicksal irrt, und diese kleinen oder großen Fehler auszumerzen – damit kennt er sich auf das Beste aus. Nichts hat er mehr je gegönnt denn Böses.

Weitere Gedanken wird er also nicht daran verschwenden, nicht an die Steine und nicht an mich denn schmerzlos ist er nun.

Gänzlich schmerzlos.

Hardliner

Ich wachte an diesem Morgen auf, an dem ich mich zwar nicht, im Sinne des Franz Kafka, zu einem ungeheuren Ungeziefer verwandelt sah; dennoch hatte sich, dies war nicht zu leugnen, etwas ganz Wesentliches in meinem Leben geändert.

Am Abend zuvor hatte sich meine geliebte Silberkette samt Anhänger gelöst, und noch auf dem Nachhauseweg war sie verloren. Die Hand der Fatima, mein beeindruckender Anhänger, begleitete mich nun nicht mehr.

Vielleicht mag das eine gewisse Erklärung für meine nachfolgenden Gedanken liefern, wenngleich ich zugeben muss, dass der Verlust eines Anhängers, selbst wenn er gänzlich silbern, und zudem ausnehmend filigran gearbeitet ist, solcherlei Düsternis nicht zufriedenstellend erklären kann. Zum ersten Mal dachte ich, dass es vom heutigen Tage an gänzlich gleich sei ob mein Leben, an welchem ich bisher ängstlich hing, nun von mir fortgeführt wird würde oder nicht. Derlei Gedanken lösten keine besondere Gefühlsregung in mir aus, vielmehr waren sie eine rein nüchterne, kühle Betrachtung - nicht mehr und nicht weniger.

Zum ersten Mal seitdem ich selbst über diese Dinge, die Tod und Leben betreffen, nachgedacht hatte, war ich zu der für mich tiefen Einsicht gekommen, dass ich alles Wesentliche, alles Wichtige in diesem Leben bereits kennengelernt und erfahren hatte.

Das Böse und Abscheuliche ebenso wie die kleinen Inseln des Glücks, die scheue Erhabenheit vereinzelter Menschen oder die seltener Momente.

Von nun an würde sich eine Wiederholung, eine Variation an die andere reihen, immer durchlässiger und gebrechlicher wie das Leben selbst, das sich ja ebenfalls an sich selbst abnutzt bis es ganz durchsichtig geworden ist und wund, und bis es sich durch die alles durchdringende Frage des „Wozu" schließlich gänzlich abgelebt hätte. Was darauf folgte mag profan erscheinen, vielleicht gar widernatürlich, möglicherweise feige oder einfach nur bequem.

Doch tat ich etwas, was mir unter diesen Umständen einfach das Beste zu sein schien. Ich zog die noch warme Bettdecke erneut über meinen am Auskühlen begriffenen Körper, wickelte sie fest um mich, streckte meine Zehen ein wenig, drehte mich zur Seite und zurück bis ich die bequemste aller Positionen

gefunden hatte und schlief einfach, es sei mir ver-
ziehen, wieder ein.

Doch die Frage verfolgte mich durch das elende Kopf-
kissen hindurch mit der Hartnäckigkeit, die Insekten
zuweilen zu Eigen ist.

Wozu war ich hier? Nicht *warum*. Die Frage nach dem
Warum hatte ich schon des Längeren als reine
Spielerei abgetan.

Doch die Frage, die andere Frage, die Frage: „*Wozu?*"
weckte mich auch aus diesem Schlaf.

Der Pfarrer in der Bibelstunde fiel mir ein mit seinen blödsinnig optimistischen Worten, dass jeder einen kleinen Beitrag zum Wohl des Ganzen leisten könne – und – *jawoll* -sogar müsse. Jeder.

Er meinte damals man müsse herausfinden, was man am besten könne, welches Geschenk Gott einem persönlich gemacht habe.

Um ehrlich zu sein ist mir der Glaube an Gott schon vor einiger Zeit abhandengekommen. Bereits im Alter von zwölf Jahren konnte mich niemand mehr von solcherlei höheren Erscheinungen überzeugen, was mit dem Umstand zusammenhängen mag, dass ich mir seiner Geschenke nicht sicher war.

Folgerichtig war ich mir auch seiner nicht sicher.

Und doch, so sehr ich mich zunächst auch dagegen sträubte so war es nicht zu übersehen, dass auch ich anscheinend tatsächlich das ein oder andere Geschenk mitbekommen hatte.

Indes erschienen sie mir allesamt recht nichtig und kaum der Rede wert, wobei der Pfarrer penetrant auf sie hinwies und sie, so kam es mir vor, überhöhte um meine Bescheidenheit zu prüfen – oder aber, um mich durch solcherlei Schmeichelei an den Sonntagen in die Kirche zu locken. Andererseits passte Heuchelei nicht zu ihm. Er, der tatsächlich an das glaubte was er sagte (eine Eigenschaft die seit jeher meinen Neid zu wecken imstande war), würde nicht aus so niedrigen Beweggründen das preisen, was *er* als Geschenk ansah.

Zu Gott in dem von ihm verstandenen Sinn habe ich zwar zeitlebens nicht mehr zurückfinden können, doch die Antwort auf das „Wozu" konnte mich mit einem Mal nun nicht mehr schrecken.
Ich wusste, dass ich nicht da war um meine Geschenke feiern zu lassen. Sie waren nichts als ein winziges Werkzeug das ich einsetzte um den täglichen Schritt aus dem Bett zu bewältigen. Nicht nur für mich – für das Ganze, sozusagen. Fast schien mir als hörte ich eine Art innerer Filmmusik, untermalt von milder, doch ausreichender Heroik, was mich zusätzlich in meinem Tun bekräftigte. Schlagartig erhob ich mich, verließ das warme Bett und dachte, dass solche Eingebungen einem Zustand zu verdanken waren, der in einem ungewissen Bereich zwischen Wachen und Träumen einzuordnen war.

Vielleicht war es gerade dieser Umstand, der mein Sein von diesem Tage an änderte.

Er änderte es nicht dramatisch, vielmehr änderte er nur gerade so viel wie nötig war.

Ich gebe zu, dass es mir bisweilen schwer fiel zu glauben, dass das Ganze auch nur im Ansatz an dem interessiert sein könnte was ich zu bieten hatte. Wer weiß, vielleicht waren meine Zweifel berechtigt? Doch womöglich eben auch nicht.

Und allein die Chance darauf, dass die zweite Option näher an dem was eine Wahrheit darstellen könnte lag, ließ mich weitermachen. Einfach so, und jeden Tag wieder. Und ebenso suchte ich noch immer – oder wieder - meinen Anhänger. Meine Hand der Fatima in filigran gearbeiteter Perfektion. Unter jedem größeren Herbstblatt sehe ich nach, selbst unter winzigen, matschigen Schneeansammlungen, unter achtlos weggeworfenen Zigarettenschachteln, versehentlich vergessenen Fußbällen oder unter manch internationalen Zeitungen, welche gehetzte Geschäftsleute dagelassen hatten, gelegentlich auch unter unbeachtet herumlungernden kleinen Katzen oder unter Fahrradschläuchen.

Ich mache weiter, und ich suche.

Mit der Hartnäckigkeit, die Insekten zuweilen zu Eigen ist. (gekürzte Version)

Lebenszeichen

Ich weiß nicht, woran es liegt, und warum gerade mir gänzlich Fremde ihre Geschichte erzählen.

Geschichten, von denen viele so geartet sind, dass man sich in einigen Fällen wohl gelegentlich doch wünschte, sie niemals hätte hören zu müssen.

Vor einigen Tagen, ich war gerade auf einem der Spaziergänge unterwegs, auf denen ich – entgegen aller Vorkehrungen - dennoch zumeist angesprochen werde. So war es auch bei diesem Male. Meine auf deutliche Abwehr abzielende Bekleidung – immer in tiefem Schwarz gehalten - als auch meine bereits übertrieben große Sonnenbrille, wieder einmal waren sie nicht in der Lage gewesen davon abzulenken, dass ich im Grunde nicht imstande war diesen Menschen aus dem Weg zu gehen, dass ich einfach nicht imstande war, mir ihre Geschichten NICHT anzuhören.

Es war in Sizilien, noch Anfang März, und mein erster Tag auf der Insel, auf die ich vor dem noch immer alles ins weiße Nichts tauchenden, hartnäckigen Winter geflüchtet war. Vorbei war sogleich allein schon die Erinnerung an den Schnee, als ich durch einen der eigens von einer einst aus dem Königshaus verstoßenen Engländerin liebevoll angelegten Stadtgarten lief, von nichts anderem gefesselt als der Schönheit der so kunstvoll angelegten Landschaft, und damit so sehr in mich selbst gekehrt, dass ich meine Deckung für einen Augenblick vergaß. Für einen Augenblick der zwar kurz, doch von ausreichender Länge war, um es diesem Menschen zu ermöglichen mich einzufangen, in ein Gespräch zu locken welches zu einem Monolog wurde in dem er mir das, was in ihm nagte nach außen trug, und mich zur Mitwisserin von etwas machte, das mir seither nicht mehr aus dem Kopf zu gehen vermag. Eine deutlich die äußere Haut seines Halses durchziehende Ansammlung einiger Verletzungen zeugten ganz offensichtlich von zahlreichen chirurgischen Eingriffen, die, wie er mir erzählte, den Zweck verfolgt hatten, ihn von seinem Krebsleiden zu befreien, indem man ihm diesen recht großzügig aus dem Leib geschnitten hatte.

Doch trotz augenscheinlich recht zahlreicher und unbestritten rigoroser bis radikaler Bemühungen war dies den Chirurgen – selbst jenen in den größeren Städten und auch nicht denen des italienischen Festlandes - gelungen, den Krebs mittels Skalpell mit präziser Finalität aus ihm zu verbannen.

Zurückgekehrt war er, verlässlich wie eine Jahreszeit, die zwar ab und an den Anschein von Verspätungen oder sonstigen Unregelmäßigkeiten zu erwecken in der Lage ist, die aber dennoch immer wieder kommt ohne sich darum zu scheren ob sie nun wohl mit Freude oder mit Angst erwartet wird.

So war es auch bei ihm. Seine aus dem äußersten Osten Russland stammende Freundin Tatjana, streng katholisch wie er, und nie um ein Gebet verlegen wenn es galt etwas für ihn zu erbitten, gedachte auch an jenem Wochenende, da er erneut in der Klinik zu Palermo lag, seiner.

Man sagt, dass Gottes Wege unergründlich seien, doch dieser – ich glaube nicht an einen kausalen Zusammenhang, denn mit rechten Dingen kann es nicht - (oder gerade doch?) zugegangen sein, was sich dort ereignete. Er war gerade von der stets so lauten Intensivstation auf ein einigermaßen normales, ruhigeres Zimmer zurückverlegt worden als eine Frau, ebenfalls am ganzen Körper vernarbt, aufgeschnitten und zerschunden an zahllosen Stellen, mehr tot wohl als lebendig und doch voll einer Gier auf das Leben, sich, nur mit der zerstörten Haut ihres Körpers am Leibe, zu ihm gelegt hatte. Auf ihm sitzend beschimpfte sie ihn so lange mit anfeuernden Gesten, bis sich etwas in ihm erhärtete von dem er dies wohl nicht mehr erwartet hatte. Ich wage es nicht mehr darüber zu erzählen. Etwas in mir möchte das, was dort geschah, schützen um meiner selbst Willen und um der Menschen willen die es betraf. Nackt, krank, von wulstigen Narben gänzlich zerfurcht, zerfressen und dennoch – oder vielleicht gerade deswegen von einer Sehnsucht nach Leben erfüllt. Von einer Sehnsucht, die über all das hinausging was ich vorher kannte. Vergessen waren sie, die Lebenspartner, die Ärzte, das Pflegepersonal, die katholische Kirche mit all ihren Schutz-Heiligen, vergessen der Geruch der Krankheit, das schäbige Zimmer, der nahende Tod.

Vergessen alles, alles bis auf jenes, was nach dem Leben schrie, sich windend in den schmerzhaften Orgasmen der nicht mehr so recht warm werden wollenden Leiber, welche nur noch notdürftig durch einiger Ärzte Kunst zusammengehalten wurden, und die zugleich nun sowohl in diesen Leibern, die sie im Stich gelassen hatten, verweilen, als auch aus ihnen herauswollten.

Mit Worten hatten sie sich gar nicht erst aufgehalten. All dies, es sprach für sich selbst. Und dann waren sie doch noch warm geworden, heiß vor Lust mit dem pumpendem Klang allzu schweren Blutes in den Ohren. Heiß wie das Feuer der Krematorien oder des sizilianischen Vulkanes, des Ätnas, den man manchmal, ganz selten, sogar mit seiner weißen Spitze vom Krankenfenster aus erahnen konnte.

Schwer war es wohl gewesen die lauten Lustschreie von denen, die ihnen aus größtem Schmerz entfuhren zu unterscheiden. Oder war es leichter gewesen als ich es mir vorzustellen wage? Ab und an nun, seitdem mir diese Geschichte erzählt wurde, höre ich des Nachts in meinem Inneren diese Schreie. Weitaus mehr habe ich nun preisgegeben über das, was ich gänzlich für mich hatte behalten wollen. Doch es wollte mit großer Heftigkeit aus mir heraus – vielleicht, um von dem Leben zu zeugen, das sich bis zuletzt aufbäumt, wohl wissend, dass es am Ende verlieren wird. Doch gerade diesem zum unbedingtem Trotz, *diesem* zum Trotz. Und daher, selbst da sie meinen Schlaf durchbrachen, ängstigten mich diese Schreie nicht mehr.

Lebenszeichen waren es nun für mich. Und dann dachte ich mit einem Mal, dass ich möglicherweise ohnehin viel zu viel schlafe. In jenen Nächten stand ich nun regelmäßig auf, verließ das Hotel und ging durch die Gärten. Meine Sonnenbrille brauchte ich in den Nächten nicht, obgleich, das muss ich einräumen, die südlichen Sterne viel intensiver leuchten, als dies bei uns, im Norden der Fall ist. So setzte ich sie ab und zu auf, wenn mich das Heimweh ein klein wenig übermannte, und ich den Himmel so sehen mochte wie er bei uns im Norden zu sehen ist – etwas getrübt.

Doch das war, wie Sie sich vielleicht unschwer vorstellen können, nur selten der Fall. Gerne würde ich die Schönheit des von Dunkelheit eingehüllten Englischen Gartens beschreiben, das dunkle Meer, welches gegen die Erhöhungen der Stadtanlage brandet. Ich würde vom im Schnee liegenden Ätna berichten vor dessen Ausläufern die Mandelbäume so hell erblühen, dass man ihre Farbe sogar um die Mitternachtsstunde herum erkennen kann. Den Wind, der in den Nächten auf eine andere Weise meine Hände und meinen Hals berührt als er es an den Tagen vermag, würde ich Ihnen näherbringen wollen. Doch kann ich nur schweigen. Nicht noch mehr darf ich preisgeben. Denn wie sollte man es sonst ertragen können jäh aus dieser Welt gerissen zu werden? Aus der Unendlichkeit ihrer Schönheit? In den Narben am Hals des Mannes sah ich an den nachfolgenden Tagen nun Landschaften, lange Bachverläufe hin zu fruchtbaren, warmen Gegenden.

Als er mit einem Mal nicht mehr auftauchte, legte ich meine Sonnenbrille, noch an den Bügeln aufgefächert, in einen Pflanzenkübel neben der Bank, an der wir zum ersten Mal miteinander gesprochen hatten. Ich wollte sie nun nicht mehr tragen.

Und obgleich der Ätna an jenem Tag in Wolken gehüllt war, glaubte ich, an diesem Tage mehr von ihm gesehen zu haben als an all den Tagen zuvor.

Schlaflieder

Mit dem Tod meiner Großmutter wurde ich im Alter von nur sechs Jahren zum ersten Mal Erbin.

Und ich erbte nicht irgendetwas. Vielmehr erbte ich

das Prunkstück, das Wertvollste, das Kronjuwel. Ich erbte ihr Klavier. Meine allerfrühesten Kindheitserinnerungen hingen mit diesem hölzernen und etwas rätselhaften Etwas zusammen. So waren es all die Stücke, welche meine Großmutter stundenlang und - wie nicht zu überhören war - überaus virtuos vor sich her spielte das Erste, was mir bewusst im Gedächtnis blieb.

Mein Vater sagte einmal, als sie ihr Klavierspiel noch länger als gewöhnlich betrieb, dass sie wohl ihre ganze Seele in dieses Klavier legte, worunter ich mir zu diesem Zeitpunkt nichts vorstellen konnte.
Nun, da sie tot war, schien ein Teil von ihr noch immer dort zu sein.

Häufig sah ich im Innersten des Klaviers nach, ob ihre Seele sich möglicherweise dort versteckt halten könnte.
Aus diesem Grund bewegte ich die Tasten nur sehr zaghaft, fast unmerklich, da ich sie nicht mit zu harten Anschlägen erschrecken, oder gar verletzen wollte.
Im Leben war sie mir, ihrer großen Gestalt zum Trotz, so zerbrechlich vorgekommen, so überfordert von allem, das nicht mit ihrem geheimnisvollen Klavier

zusammengehangen hätte. Nur dort erschien sie mir frei und glücklich, nur während sie spielte, habe ich meine Großmutter je lächeln gesehen.

Sie pflegte mich mit einem angedeuteten Hände-klatschen aus ihrer Nähe zu vertreiben und schien mich dabei offenbar mit einem Huhn zu verwechseln, was mich ärgerte.

Bereits damals war mir das äußerst merkwürdig erschienen, das Klavierspiel war beinahe zu einen Synonym für wunderliches Verhalten geworden.

Etwas, mit dem ich nicht in Verbindung gebracht werden wollte.

Nun sollte ich dennoch in ihre Fußstapfen treten. Eine Verantwortung, die von jeher mit dem Erben besonderer Gegenstände in einer unmittelbaren und notwendigen Verbindung zu stehen scheint.

Acht, beinahe neun Jahre lang bemühte sich die eigens von meinen Eltern engagierte Klavierlehrerin redlich, doch mit steigendem Unmut darum, mir das Musizieren beizubringen. Es lag nicht daran, dass sie gänzlich gescheitert wäre, doch brachte ich es nie zur Meisterschaft meiner Großmutter.

In zahlreichen, schier endlos wirkender Zeit saß ich zwischen diesen Klavierstunden zuhause, im Nebenraum meines Kinderzimmers, wo das Klavier meiner Großmutter stand, und versuchte mich vergeblich dazu zu bringen das Stück von Beethoven einzustudieren, welches man mir als Hausaufgabe in Form eines mit Anmerkungen versehenen Notenhefts mitgegeben hatte.

Es war nicht so, dass mich das Spiel nicht interessiert hätte – diese Behauptung wäre einer unzulässigen Verallgemeinerung gleichgekommen.

Im Gegenteil interessierte mich alles an dem Klavier so sehr, dass ich es nicht dabei belassen konnte, es einfach *nur* zu spielen.

Ich studierte es, betastete die Wärme des Holzes, die Kühle der Tasten, öffnete es immer wieder, um in sein Innerstes hineinzublicken. Vermutlich war mit dem Erben des Klaviers meiner Großmutter auch ihre Wunderlichkeit auf mich übergegangen. Doch konnte ich nicht anders. Auch wenn ich mich, auf vernünftige Handlungen bedacht, zwingen wollte eben *nicht* hineinzusehen, so musste ich es dennoch immer und immer wieder tun.

Denn wenn, so meine Überlegung, meine Großmutter ihre Seele in das Klavier gesteckt haben sollte – wo sonst als unter dem Deckel sollte sie sein?

Ich kann es niemandem, auch mir selbst nicht, erklären, doch war ich selbst nach Jahren noch fest davon überzeugt, ihre Seele befände sich in eben diesem Klavier. Noch immer beklagte meine Lehrerin meinen fast nicht vorhandenen Anschlag - doch wollte ich vorsichtig sein, leise, um ihren ätherischen Körper nicht durch das Hämmern der Schläge im Bauch des Klaviers zu stören.

Auch das Auskleiden des Innersten mit einem weichen Material schien mir keine hinreichende, und zudem irgendwie unwürdige Lösung zu sein.

Nach einiger Zeit kam mir der Gedanke, dass diese Idee mit dem kaum hörbaren Anschlag zwar durchaus löblich, doch mehr als unzureichend sei.

Meine Großmutter war sicherlich nicht eigens im Klavier verblieben um dann dort ihrer geliebten Musik beraubt zu werden.

Also spielte ich für sie heimlich alle Platten meines Vaters ab, Karajan, Furtwängler- ob ganze Orchester oder Solisten: Schnabel, Erdmann, Rubinstein - sie alle konnten ihr weitaus mehr bieten als ich es in meinen Träumen, auch nicht in den allerkühnsten, jemals vermocht hätte.

Ebenso vorsichtig wie mit den Klaviertasten ging ich

auch mit den Platten um, so dass, selbst nach zahlreichen Vorführungen in meinem Zimmer, nicht der kleinste Kratzer auf einer der Platten zu erkennen gewesen wäre. Es war unser Geheimnis.

Meines, und das meiner Großmutter. Im Leben hatte ich sie nicht gut gekannt, im Grunde überhaupt nicht. Meist hatte sie nur einen flüchtigen, etwas verträumten und zugleich temperamentvollen Blick für mich übrig Auf den Arm nahm sie mich selten, denn irgendein sperriges Paket oder ein hoher Stapel mit Klaviernoten okkupierte zumindest einen ihrer Arme in all meinen Erinnerungen.

Einmal sollte sie mir abends ein Märchen vorlesen. Es begann mit den Worten: „Es war einmal zu Zeiten, als das Wünschen noch etwas geholfen hat".

Sie hatte nur diesen einen Satz gelesen, das Buch dann ungeduldig wieder zugeklappt und mich zudem ermahnt, dass das Wünschen noch nie geholfen habe.

Dann schickte sie mich weg um auf ihrem Klavier zu spielen. Ganz für sich allein.

Sollte sie meiner Mutter in der Küche helfen, klagte sie über große Schmerzen in den Fingern, welche es ihr, so versicherte sie, unmöglich machten Kartoffeln zu schälen oder ähnliche Arbeiten zu verrichten.

Seufzend gab meine Mutter auf, nur um dann zu hören wie meine Großmutter den gesamten Vormittag Klavier spielte, wie sie die atemberaubendsten Tonleitern und Partituren zum Besten gab, wobei ihre Finger nur so zu fliegen schienen.

Das alles hat ihr nur bedingt die Sympathie der Familie eingebracht.

Doch schön war sie, groß, und noch im Alter schwarzhaarig. Ihre dunklen Augen funkelten wie glatte, etwas erhitzte Kohlen.

Ich hätte sie gerne näher gekannt.

Das Untersuchen ihres Klaviers hatte mich indes in all den Jahren nicht weitergebracht.

Meist saß ich mittlerweile nun auf dem Boden, neben dem Plattenspieler, machte gelangweilt meine Hausaufgaben oder träumte vor mich hin. Nichts weniger als ein Zufall brachte mich mit einem Mal auf die Idee unterhalb des Klaviers nach einer Antwort zu suchen.

Mit klammem Herzen bemerkte ich einen Brief der dort, offenbar in der Absicht ihn gründlich zu verstecken, angebracht worden war.

Die alte, zackige Handschrift zu entziffern bereitete mir weitaus mehr Mühe als das Beethoven-Stück.

Dennoch gab ich nicht auf bevor ich auch noch den

letzten Buchstaben entziffert hatte der an meine Großmutter adressiert war.

Ein schlechtes Gewissen hatte ich nicht, was mich selbst verwunderte da mir immerhin klar war, dass dieses Schreiben nicht an mich gerichtet war.

Und doch, aus irgendeinem Grund hatte ich das Gefühl, ein Recht darauf zu haben diesen Brief zu lesen.

Vielleicht um, auf diesem Umweg, meine längst verstorbene Großmutter doch noch kennenzulernen, sie auf diesem Weg für mich wieder zum Leben zu erwecken.

„Meine Liebste", so lautete die Anrede was mir, wie ich zugeben muss, beim Lesen einen seltsamen Stich versetzte.

Sie war die Liebste von jemandem gewesen, und mit Sicherheit war diese Person ebenfalls ihr Liebster oder ihr Liebstes gewesen. Zumindest wenn man bedenkt wie eifersüchtig sie diesen Brief versteckt gehalten hatte. Der Name am Ende war nicht ausgeschrieben.

Lediglich ein M., von einem Punkt begleitet. Die Handschrift war, so würde ich es heute beschreiben, gänzlich geschlechtslos. Sie konnte von einer Frau oder einem Mann stammen und sie war äußerst fein in ihrer Ausführung. Als Kind jedoch wusste ich nur, dass ich weder über den Absender noch über Schrift und Inhalt würde herausfinden können wer sich hinter diesem M. ver-borgen hatte.

Meinen Vater, der das möglicherweise gewusst hätte, wollte ich nicht fragen. Das hätte unweigerlich den Verrat an unserem Geheimnis nach sich gezogen.

Was war ich denn für sie gewesen? Gab es in meiner Erinnerung irgendeinen Hinweis darauf, dass auch ich etwas Wichtiges für sie gewesen war, etwas das ihr zumindest *lieb* war?

Ratlos saß ich vor dem Klavier, nachdenklich wie zahllose Stunden zuvor, tippte vorsichtig ein hohes C, begann dann verhalten mit einigen Tonleitern, automatisch und nunmehr ohne nachzudenken.

Dann, beinahe von selbst schälten sich andere Töne heraus, veränderten die Abfolgen und verwandelten sich leise, doch unaufhaltsam in eine Melodie.

Ich spielte sie immer wieder und bei der vierten Wiederholung wusste ich, was es war: Das Wiegenlied von Brahms. Hatte sie es für mich gespielt? Zu einer Zeit jenseits meiner Erinnerung? Ich spielte es erneut.

Ja, sie musste es einfach für mich gespielt haben. Es konnte, es durfte nicht anders sein.

Ihre Worte kamen mir in den Sinn und der Zweifel, ihr ungeduldiger Hinweis darauf, dass das Wünschen noch nie geholfen habe. Gewünscht hätte ich es mir, das immerhin war sicher.

Deutlich sah ich sie nun innerlich vor mir, lächelnd, in das Stück vertieft.

Ich als Neugeborenes neben ihr.

Das Bild wurde klar und hell, dann wieder trat es zurück, trübte sich ein und ich fürchtete es zu verlieren. Das Wünschen hat noch nie geholfen.

Es hat noch nie geholfen.

Die Töne zerflossen, schwollen auf, wurden sogleich feurig wie ein zufällig gelegter Brand, barst in wilden, aufsässigen Dissonanzen, schmerzend und disparat, mein Kopf begann zu schmerzen.

Das konnte ich nicht zulassen. Nun konnte ich nur noch eines tun: Gegen den Zweifel anspielen, und mich mit Brahms und meinen Wünschen wiegen lassen, zärtlich und sanft.

So spielte ich, wie immer um das, was sich möglicherweise noch im Klavierkasten befand nicht zu beschädigen. Doch das machte nichts. Überhaupt nichts. Denn immerhin - Schlaflieder spielt man immer leise.

Im Schatten

Früher, es ist schon etwas länger her, konnte ich recht gut Klavier spielen. Bis ich *ihn* traf, den Mann der Pianistin. Was er von mir wollte ist mir bis heute ein Rätsel – wo er doch *sie* hatte. Doch folgte er mir während meiner Reisen durch Frankreich und Italien, wir trafen uns in gestohlenen Stunden, sahen uns zumeist nur an, sahen durch helle Nächte hindurch, als seien wir die letzten Menschen auf der Welt und als lohnte ein solcher, langer Blick bereits schon aus diesem Grunde. Wir konnten uns nur treffen, wenn sie auf Konzerttournee war, doch andererseits war sie das häufig. Ich verfolgte die Termine im Internet, so dass ich in etwa wusste, wann wir uns wiedersehen würden. Manchmal fuhren wir in eine Stadt oder an den Strand. Immer beim Überqueren einer Straße, oder beim Betreten eines der kleinen venezianischen Schnellboote nahm er meine Hand, so als müsse er ganz unbedingt sichergehen, dass mir nichts passierte. Heute würde ich sagen, dass er meine Hand damit verhext hat. Denn neulich, als meine Nichte mich darum bat, mir etwas auf dem Klavier vorzuspielen, da konnte ich es nicht mehr. Ich sah diese Frau vor mir. Sie füllte Konzerthallen und ihre Schönheit – ich denke, allein schon für ihre Schönheit hätte man eine Karte gebucht. Doch damit möchte ich ihr Talent nicht schmälern. Das wäre auch gar nicht möglich.

Während ich also in meinem Inneren sah, wie sie ihre hellen, makellosen Hände auf den Konzertflügel legte und begann, geradezu *überirdisch* begann und in keiner Sekunde nachließ, ihre ganze Gestalt fast leuchtend, während ich sie also vor mir sah und zugleich die Berührung ihres Mannes fühlte, das sanfte, liebevolle Drücken seiner Hand an meiner, dieser Hand, die mich über die Straßen führte und auf dem leichten Schwanken des Wassers hielt, da konnte ich nicht mehr spielen. Meine Nichte stellte mir die Noten auf und sah mich verwundert von der Seite an. Bisher, das wusste sie, hatte ich immer aus dem Gedächtnis gespielt. Auch die Noten halfen jedoch nicht. Im Gegenteil. Ich konnte mit einem Mal keine einzige Note mehr lesen und meine Hand lag so unentschlossen auf den Tasten als würde sie, vielleicht aus einer Konvention heraus, die Leiche einer sehr entfernten Verwandten, zum Abschied linkisch berühren. „Na, komm schon", ermunterte mich meine Nichte. „Das kannst du nicht vergessen haben. Die Hände vergessen nichts!"

Sie setzte sich neben mich und begann Beethoven zu spielen. Wie immer spielte sie ihn zu schnell.

Diesmal sagte ich nichts. Sie mochte es nicht, wenn ich etwas darüber sagte wie Beethoven zu spielen sei.

Und jetzt, wo ich es selbst nicht mehr konnte, wäre es mir anmaßend erschienen, oder auch sinnlos. Sollte sie doch spielen wie sie mochte. Es kam nicht darauf an. Weder bei ihr noch bei mir kam es darauf an. Gerne jedoch hätte ich den dunklen Deckel geschlossen, verschlossenen wie eben jenen Sarg der sehr entfernten Verwandten, doch reglos saß ich mit Händen die nicht mehr gehorchten und die doch auch nicht vergaßen, *nichts* vergaßen, während stumm die Abendsonne Schatten warf.

Frau Silbermanns Brille

Nachdem die fettglänzend- schwarze Katze, die bei mir Unterschlupf gesucht und gefunden hatte, was bei ihrer Fellfarbe, wie mir versichert wurde, durchaus nicht leicht war, schien sie sich bis zum Zeitpunkt an dem meine große Pechsträhne begann ganz außerordentlich wohl zu fühlen. Doch vom Beginn der ersten Anzeichen, die auf das Nachlassen meines

Glücks verwiesen, mied sie mich und verbarg sich, so wie sie es schon früher zu tun gepflegt hatte, unter Autos oder neben kleineren, moosbewachsenen Mauerabsätzen. Zunächst dachte ich mir noch nicht allzu viel dabei. Es war bekannt, dass Streuner, wie es die Schwarze nun einmal war, nicht unbedingt sesshaft werden würden. Doch als mich vom Weg vom Bäcker das Eichhörnchen, das den großen Baum vor der Kurve die zum Bäcker hinführte, begann mich anzuzischen da wusste ich, dass ich verloren hatte. Wenn schon Eichhörnchen beginnen einen anzuzischen dann hat man immer bereits verloren.

Obwohl, vielleicht irrte ich mich ja auch, und meine Pechsträhne hatte schon weitaus früher begonnen und von dort aus ihren ganz ungehemmten Lauf genommen. Mit Sicherheit, so ist das eben, kann ich es einfach nicht sagen.

Wenn ich mich zumindest in die erste Zeit meiner Erinnerungen zurückbegebe so wurde ich zu jenem Zeitpunkt zwar noch nicht von Katzen oder Eichhörnchen – durchaus aber schon von anderen Kindern gemieden. Etwas an mir schien sie abzustoßen, und es muss wohl verwandt mit dem sein, was die Katze und das Eichhörnchen an mir aus-zusetzen hatten. Ich selbst hatte also keine so rechten Freunde. Es wurde zwar von meinen Eltern immer mal ein Kind eingeladen, aber daraus entwickelte sich keinerlei Freundschaft, was damals bereits mein mangelndes Vertrauen in die Menschheit begründete.

Mit Ausnahme meiner Eltern, und Frau Silbermann, unserer Nachbarin allerdings, und zudem machte es mich nicht traurig. Ich mag es die Dinge so zu sehen wie sie sind, und die Wahrheit kann mich von daher nicht allzu sehr treffen. Sie brach nie über mich herein. Vielmehr war sie von Anfang an dabei. Und über das Vertrauen zur Menschheit hinaus gab es durchaus lohnenswerte Inhalte.

Ich besaß andere wertvolle Dinge, eines davon war eine kleine Eiersammlung. In einer Zigarrenkiste war der Boden mit Scheuersand bedeckt. Darauf lagen ein Hühnerei, ein Taubenei, ein Kiebitzei, ein Sperlings Ei und ein Schwalben Ei.

Und ich besaß einen großen Pappkarton. Am liebsten zog ich diesen an einem Bindfaden hinter mir her, und wenn Leute mir entgegenkamen stieg ich schnell in den Karton und klappte den Deckel zu. In der näheren

Nachbarschaft wohnte, nur ein paar Schritte entfernt, meine geliebte, alte Frau Silbermann. Sie schenkte mir eine Brille mit aufgemalten, ausgesucht interessiert blickenden Augen, hinter denen man schlafen konnte. Und die Gesellschaft meines Vaters war mir zu jeder Zeit sicher. Manchmal begleitete ich ihn zur Bahnhofsgaststätte des Alfons Müller. Dort konnte man Bier trinken. In der Gaststube stand ein großes Aquarium, das wegen seiner vielen Algen völlig grün war. Interessant fand ich etliche an der Wand aufgehängte Trophäen, u.a. die famose „Säge" eines Sägefisches. Auf der Straße trafen wir ab und zu den dicken Major Schulz mit seinem roten Gesicht. Vater meinte, der sei im heißen Afrika gewesen und habe sich dort das Biertrinken angewöhnt. Ab und zu verreisten wir für ein paar Tage mit dem Zug von Leipzig nach Österreich. Dort gingen wir auch Mittagessen. Da gab es den Brunnerwirt, die Seerose, das Hotel Schlick. Das Strandbadrestaurant, den Mohren und den Sandwirt, der ganz hinten im Dorf war. Oberhalb des Sandwirts fanden wir einmal eine tote Kreuzotter. Weiter oben im Dorf befand sich der Metzger Lehrberger. Seine dicke, blonde Frau verkaufte Fleisch und Wurst in Dekagramm. Sie hatte einen großen Schäferhund. Ihr Mann starb dann über Nacht am Darmverschluss. Unabhängig davon hat es mir in Österreich jedoch fast immer gut gefallen. Nur Frau Silbermann vermisste ich während dieser Reisen. Als wir einmal früh nachhause abreisen wollten, war eine Fledermaus ins Zimmer geflogen. Die wäre ja im Zimmer verhungert. Da sie nicht hinausfliegen wollte, erschlug sie Vater mit einem Besen, damit sie lieber einen schnellen als einen qualvollen, langsamen Tod hätte, und warf sie aus dem Fenster. Ich holte sie schnell aus dem Garten, nahm sie mit, holte sie im Zugabteil hervor, zog ihre Flügel auseinander und zeigte sie den Mitreisenden. Vermutlich hielt man mich für ein recht merkwürdiges Kind. Doch das kümmerte mich nicht. Zu Ostern 1940 wurde ich in der Alexanderstraße eingeschult. Die Schule, beziehungsweise ihre Lage, erforderte einen langen Schulweg durch das Rosental und lag in der Nähe des Zoos. Zur Einschulung bekam ich eine große Zuckertüte. Die Einführungsrede hielt in der Aula Direktor Oberreich, ein überzeugter, Nazi, in entsprechender Haltung, selbstverständlich mit brauner Parteiuniform und mit der dazugehörenden obligatorischen Hakenkreuzarmbinde. Dazu sangen uniformierte BDM-Mädchen mit großer Begeisterung und Pathos für uns Erstklässler: *„Wir sind jung, die Welt steht offen, o oh schöne weite Welt..."* Danach ging es dann ins Klassenzimmer. Unser Klassenlehrer war alt und katholisch. An die Tafel war, was zu all den bösen Vorzeichen überhaupt nicht recht passen wollte, mit bunter Kreide ein Frühlingsbild gemalt. Wir erhielten Anweisung welche Bücher wir zu kaufen hatten. Wir konnten auch Kakao bestellen, der täglich geliefert wurde. Auch gab es KDA-Bilder (vom Verein für das Deutschtum im Ausland) mit deutschen Generälen zum Sammeln und eine Sparkarte. Zu Anfang der ersten Unterrichts-Stunde musste der Klassensprecher Timo Ackermann Meldung machen. Das klang so: „Melde Klasse 1 a, Klassenstärke 30, 3 fehlen." Dabei stand er stramm und erhob den Arm zum Hitlergruß. Der Direktor war ein überaus gefürchteter, übelst sadistischer Nazi. Außerhalb der Schule gab es aber auch schöne Momente. Ich ging mit Vater oft ins Rosental und er zeigte mir Vögel und Pflanzen. Auf der Rosentalwiese waren mehrere Flaktürme aus Holz zur Luftabwehr errichtet worden. Dort gab es auch den Schwanenteich, auf dem ich im Winter erste Schlittschuhversuche machte, denen aber ohne fachkundige Anleitung kein bleibender Erfolg beschieden war. Am 1. September 1939 begann schließlich der Zweite Weltkrieg, der das Leben aller schlagartig veränderte. Ich schlief in meinem kleinen Zimmer neben der Küche. Ich weiß noch, dass ich einen hellgrünen Schlafanzug mit bunten Tupfen anhatte. In der Nacht heulten die Sirenen und ich wurde aus dem Schlaf gerissen. Mit den Eltern musste ich in den Keller, wo sich die Hausbewohner einfanden und auf Stühlen an den Kellerwand Platz nahmen. Alte Leute konnten auf einem Sofa sitzen. Man hörte die Flak schießen und auch Detonationen von Bomben. Einige Luftschutzwarte gingen im Haus umher. Die Stimmung war gedrückt und angstvoll. Nach langer Zeit ertönte dann das Entwarnungssignal und die Bewohner kehrten in ihre Wohnungen zurück.

Die Kinder hatten nun ein neues Hobby. Sie suchten Granatsplitter auf den Straßen.

Zeitgleich mit dem Beginn des Krieges nahm die Vernichtungsmaschinerie der Nazis an Stärke zu. Juden mussten einen gelben Judenstern tragen, im Rosental gab es einen Platz mit Bänken der Juden vorbehalten war, die wahrscheinlich genau registriert wurden. Niemand hatte Mitleid mit ihnen, zumindest hatte dies so den Anschein.

Das ganze Volk war oder schien total verhetzt und verroht. Einige Schulkinder spuckten sogar von den Fenstern ihrer Klassenzimmer aus auf die Juden herunter. Einer kranken Frau mit Judenstern half ich einmal über die Straße. Da wurde ich ebenfalls bespuckt.

Die Weihnachtszeit war für mich immer etwas ganz Besonderes. Da durfte ich mit meiner Mutter regelmäßig ins Weihnachtsmärchen. Dies wurde meist im Alten Theater aufgeführt, das leider ausgebombt und verschwunden ist.

Als besonderes Geschenk erhielt ich einmal eine elektrische Eisenbahn mit drei großen Waggons, eine Ritterburg, einen Kaufladen, eine Autorennbahn und wilde, geschnitzte Tiere.

Alles dies wurde in dem Spielzeugladen Hinkel und Kutschback und Wagner & Sohn gekauft.

Zum Geburtstag bekam ich einen Zauberkasten, so dass ich erstaunten Zuschauern meine Kunststückchen vorführen konnte. Leider begann um diese Zeit auch die Serie meiner Krankheiten. Ich bekam

Scharlach mit gefährlich hohem Fieber, so dass ich ins Krankenhaus auf die Infektionsstation musste.

Die Eltern konnte ich nur durch eine Glasscheibe sehen. Die Infektion legte sich auch auf die Nieren und das Herz. Ich war sehr lange im Krankenhaus und musste auch dort in den Luftschutzkeller. Außerdem bekam ich noch eine Mittelohrentzündung und musste am linken Ohr operiert werden.

Der 4. Dezember 1943 kam heran. In dieser Nacht erfolgte der erste Großangriff auf Leipzig. Wir saßen alle im Keller. Eine Brandbombe aufs Haus gefallen, aber es konnte größerer Schaden verhindert werden. Am nächsten Tag war keine Schule. Die ganze Stadt brannte. Ich machte mit Vater einen Gang durch einen Teil der Stadt.

Der Hauptbahnhof war getroffen, ebenso die Häuser am Brühl, die Reformierte Kirche war ausgebrannt.

Der Pfarrer mit seiner ganzen Familie im Pfarrhaus tot. Das Alte und das Neue Theater, die Universität.

Das Bildermuseum ausgebrannt, das Panorama zerstört. Die Stadt ein Flammenmeer.

In der Karl Tauchnitzstraße brannten die Villen. In einer sah man die Möbel brennen weil die Hauswand fehlte.

An der inneren Wand hing noch ein Ölgemälde. Auch auf dem Johannis-Friedhof gab es Zerstörungen.

Die Bomben hatten Gräber zerstört, in denen man zertrümmerte Särge sah. Knochen lagen verstreut auf dem Todesacker.

Auch das Botanische Institut im Botanischen Garten war vollkommen zerbombt.

Nach diesem verheerenden Angriff wollten wir nur noch fort aus Leipzig und kamen bei meinem Onkel August in der Nähe von Sprottau unter.

Frau Silbermann weinte, als ich mich von ihr verabschiedete. Ihre Brille beschlug und ich fand es komisch, dass auch erwachsene Leute weinten. Aber traurig war ich ebenfalls, sogar sehr. Hier an der Straße nach Sprottau stand das Haus der Frau Casimira von Kügelgen. Sie war Jüdin und hatte ein großes Herz. Ihr Mann lebte nicht mehr, war aber ein bekannter Adliger gewesen. Deswegen ließ man die Frau, damals jedenfalls, in Ruhe.

Mit Frau von Kügelgen freundete sich meine Mutter schnell an. Sie fanden sofort eine große Sympathie füreinander. Sie rauchten ihre Zigaretten durch eine hölzerne Zigarettenspitze und unterhielten sich.

Im Winter lief ich Ski.

Bei einer Abfahrt stürzte ich auf einen Sturzacker und bei einem Ski brach die Spitze ab. Dieser wurde zwar mit Bleck repariert, glitt aber nicht mehr so gut wie vorher. In einem Nachbardorf lebte der Schneider Fellenberg.

Der sollte mir aus einer alten Hose eine neue schneidern. Schneider Fellenberg hatte ein völlig verunstaltetes Gesicht, denn ihm fehlte die Nase, ein Andenken an den Ersten Weltkrieg, wie er sagte.

Die Hose wurde bis zu unserer Abreise nicht fertig, und wir haben niemals mehr etwas von Fellenberg oder der Hose gehört. Aus dem Radio erfuhren wir stets wann wieder ein großer Angriff auf Leipzig stattgefunden hatte. Einmal kam ein Bekannter des Herrn von Neumann, unseres Nachbarn in Sprottau zu Besuch. Er wollte einen Hirsch erlegen. Ob aus diesem Vorhaben etwas wurde, kann ich nicht sagen.

Dieser Herr hat sich später jedenfalls, beim Einmarsch der Russen in seiner Wohnung erschossen.

Mit dem Fortgang des Krieges reisten wir wieder nach Österreich. Dort sahen wir immer öfter am blauen Himmel Geschwader amerikanischer Bomber. Sie flogen aber über uns hinweg. Aber auch Salzburg wurde bombardiert und der Dom, sowie Mozarts

Wohnhaus, das getroffen wurde. Einmal verlor ein Bomber etliche Bomben, die meist aufs freie Feld fielen und dort tiefe Krater hinterließen. Eine fiel neben den Garten des Schreiners Enziger. Häuser wurden nicht beschädigt, aber ein weißer Spitz musste sein Leben lassen. Die Mittelohrentzündung von 1941 hatte sich weiterentwickelt. Ich sah doppelt, konnte die Zunge nur schief herausstrecken und hatte außerordentlich starke Kopfschmerzen. So wurde ich schnellstens in ein Landeskrankenhaus in Salzburg eingeliefert und musste dort sechs Wochen bleiben. Mehrere schwere Operationen auf Leben und Tod musste ich überstehen. Das Fieber und die Bakterien wurden mit dem von den Amerikanern gelieferten Penicillin bekämpft. Ich wurde schließlich nach überstandener Behandlung, gemeinsam mit einem anderen, etwa gleichaltrigen Patienten in einem Kollodium den Amerikanern vorgestellt.

Der Primararzt, der mich operiert hatte, hieß Dr. Chlamda. Er starb später an einem Herzinfarkt während einer Fahrt mit seinem Auto. Mein Vater schickte der Familie eine Kondolenz, doch auch ihn hatte der Tod bereits gestreift und würde nicht mehr von ihm lassen.

Mein Vater hatte schon seit mehreren Jahren ein Prostataleiden. Er musste seit geraumer Zeit ein Dauerkatheder tragen und musste immer wieder und immer häufiger nach Salzburg zu Dr. Kasseroler. Es erhob sich die Frage, ob er sich operieren lassen sollte oder nicht. Er besprach es aber nicht mit meiner Mutter, vermutlich wollte er sie schonen. So musste er schließlich ins Krankenhaus.

Mutter wollte ihn eines Tages besuchen. Ihr Besuch verzögerte sich aber, da der Bus abrutschte und an einer Wand hängen blieb. Zu diesem Schreck kam bald der nächste. Als sie schließlich im Krankensaal anlangte, erhielt sie den Bescheid, dass Vater gerade operiert werde. Vater lag längere Zeit im Krankenhaus und es zeigten sich keine Genesung und kein Fort-schritt. Eines Tages, es war er 11. September 1946, holte ich gerade mit meiner Mutter Holz im Wald. Als wir heimkamen, erschien ein eiliger Postbote mit einem Telegramm. Es enthielt folgende Worte: „Vater im Sterben, Landeskrankenhaus." Wir ließen alles stehen und liegen. Wie wir nach Salzburg gekommen sind, weiß ich nicht mehr. Wahrscheinlich haben wir ein Auto angehalten. Vater lag nicht in seinem bisherigen Bett. Man hatte ihn in eine Ecke gelegt, in die er eigentlich nicht gewollt hatte, da hier schon jemand verstorben war.

Vater sah sehr verfallen und weiß aus. Er ahnte, dass es mit ihm zu Ende gehen würde, denn er sagte: „Morgen früh um acht ist alles vorbei". Wir gingen dann zu einem älteren Ehepaar, das wir kennengelernt hatten, und wo wir übernachten konnten. Halb sieben Uhr abends ist Vater dann gestorben.

Wir konnten ihn noch einmal sehen in der sogenannten Prosektur.

Man konnte nur seinen Kopf sehen.

Sein Körper war mit einem weißen Laken bedeckt. Mir wurde eiskalt. Die Trauerfeier für meinen Vater in der alten Friedhofshalle des Salzburger Kommunalfriedhofs hielt ein Pfarrer Kruse aus Norddeutschland.

Vaters Sarg war vorher im Schaugang des Friedhofes ausgestellt. Er hatte nur einen ganz einfachen Brettersarg mit einer schlichten, weißen Papierkrause.

Die Trauergemeinde konnte man an den Fingern einer einzigen Hand abzählen: Mutter, ich und drei Bekannte. Unser ganzes Bestreben war nun Österreich zu verlassen und nach Leipzig zurückzukehren, denn

wir wollten dem Elend und den neuerlichen An-
feindungen in diesem Land entfliehen.

Eine Ausreisegenehmigung erhielten wir damals im
Herbst 1948 nicht, und so blieb uns nur die Flucht.
Mutter hatte bei einem Schwarzhändler 100 DM ein-
getauscht. Es waren aber nur 50.- West und 50.- Ost.
Wir fuhren mit unserem Gepäck mit einem Lastwagen
der Firma Leitner nach Salzburg. Meine Mutter
konnte im Führerhaus mitsitzen, ich saß oben auf dem
Lastwagen, der mit Kisten beladen war. Es wurden
auch noch 2-3 tote Kälber darauf geworfen, so
langten wir in Salzburg an. Dann ging es nach
Großgmain. Es liegt an der Landes-Grenze.

Direkt gegenüber befindet sich das deutsche Bayrisch
Gmain. Dazwischen bildet lediglich ein unscheinbares
ausgetrocknetes und daher völlig trostloses Bachbett
die Landesgrenze. Dieses Bachbett überschritten wir
ganz unbehelligt und kauften uns eine Fahrkarte nach
Hof. In Hof, wo wir bei einem langjährigen Bekannten
meiner Mutter unterkommen konnten, rettete ich
eine kleine grauschwarze Katze vor dem sicheren
Ertrinken und wir sammelten Bucheckern und Nüsse,
was uns die Eich-hörnchen in der Gegend wohl übel

nahmen. Die Katze ist dann doch noch, sehr qualvoll. bei einem Brand gestorben und der etwas grobe Bekannte, bei dem wir Unterschlupf gefunden hatten schlachtete einmal mehrere Eichhörnchen. Zu dieser Zeit herrschte eine Hungersnot im ganzen Land. Das werde ich nie vergessen. „Es wird nicht lange vorhalten", hatte er gesagt. „Doch ist es besser als nichts, und in der Not frisst der Teufel Fliegen." Schwarze Katzen und Eichhörnchen. Wie überaus seltsam, dass sie mich nun, im Alter, wieder einzuholen schienen. Ob der Teufel damit zu tun hatte? Wenn ich es mir so recht überlege, so würde mich das alles, rückblickend betrachtet, eigentlich gar nicht so sehr wundern. Frau Silbermann, die alte Frau, die mir als Kind die Brille mit den interessiert wirkenden, aufgemalten Augen geschenkt hatte, war schon damals davon überzeugt gewesen. „Der Teufel selbst hat die Herrschaft über die Welt errungen".

Wegen dieses Satzes hatte ich sie lange nicht mehr besuchen dürfen. So etwas durfte man damals nicht sagen. Eines Tages war Frau Silbermann plötzlich verschwunden. Niemand konnte angeblich etwas über ihren Verbleib sagen, doch die verlegenen Gesichter verrieten mir etwas Gegenteiliges. Musste es wohl in der Zeit gewesen sein, in der ich mit meiner Familie in Sprottau gelebt hatte als man meine Frau Silbermann abgeholt, deportiert hatte. Ich weiß noch, dass ich sie viele lange Jahre vermisst habe. Vielleicht ist das der Grund, warum ich jetzt, nach Jahrzehnten noch, ihre Brille bei mir trage. Natürlich nicht *ihre* Brille. Nicht die, welche sie selbst getragen hatte und die beschlagen war von der Trauer und den Tränen und der Hast als wir uns verabschiedet hatten. Diese wird wohl auf einen der Stapel gekommen sein. So wie auch die Schuhe und all das, was man den Menschen genommen hatte, bevor man sie ins Gas geschickt hatte. Nein, ich meine natürlich die Brille, die mir Frau Silbermann geschenkt hatte als ich ein Kind, und sie meine Nachbarin war. Die Brille mit den aufgemalten Augen. Oft bin ich in Versuchung sie aufzusetzen um ein gewisses Interesse an dieser Welt zumindest nach außen hin noch ein wenig vorzugaukeln. In Wahrheit jedoch ist mir eben dieses Interesse bereits vor langer Zeit abhandengekommen.

Als ich die kleine schwarze Katze von der Straße rettete, war es nochmals, wie zu einem Abschied, erneut aufgeflackert. Doch gerade so als ahnte die Katze wie es innerlich bereits seit Langem um mich stand begann sie mich zu meiden. Katzen wird zu Unrecht nachgesagt sie seien falsch. Sie sind ehrlich, sehr ehrlich sogar. Und das Eichhörnchen auf dem Weg zum Bäcker...wer weiß, vielleicht hatte es mich gar nicht angezischt.

Vielleicht hat es mir eher etwas zugezischt. Etwas, dass ich selbst schon länger wusste und nur nochmals bestätigt haben musste. Indes, wer weiß das alles schon. Ich mit Sicherheit nicht. Morgen jedenfalls werde ich dennoch einen anderen Weg zum Bäcker nehmen.

Und vielleicht, aber nur vielleicht, werde ich dabei die Brille meiner alten Frau Silbermann tragen.

Tchechov

Die Tschechov Führung war für den sehr frühen Nachmittag angesetzt, so dass ich das Hotel rechtzeitig verließ. Schweren Herzens trennte ich mich vor allem vom hoteleigenen Schwimmbad, um pünktlich zu dem verabredeten Treffpunkt zu erscheinen. Zunächst lief ich direkt an dem Hotel vorbei, deren Mitarbeiter Anton Tschechov damals aus eben diesem hinauskomplimentiert hatten, nachdem seine ansteckende Lungenerkrankung allzu evident geworden war. Doch jetzt warb man mit ihm. Ich passierte den Kurpark mit den knorrigen Ginkgo-Bäumen, vorbei am amerikanischen Mammutbaum, der libanesischen Zeder, der orientalischen Platane und dem Tulpen-baum. Am Teich, in dem zwei schwarze Schwäne ihre Runden zogen, ging ich entlang hin bis zur Einkaufs-passage, schließlich endete mein Gang an der Kirche, vor der sich der Führer, ein Pfarrer, bereits ein-gefunden hatte. Eine Schar interessiert wirkender Touristen hatte sich bereits pittoresk über den Platz verteilt und jede Sitzmöglichkeit, und sei sie am schmalen Rand eines Blumenkübels, okkupiert - war es doch ein, sogar für das Hitze gewohnte Baden-weiler, besonders heißer Tag, der es erforderte, dass man seine Kräfte zusammenhielt. Ich beschloss spontan dennoch zu stehen, um nicht gleich zu Beginn einen schwächlichen Eindruck zu hinterlassen. Da ich nämlich dazu neige an heißen Tagen ungewöhnlich schnell an Kraft zu verlieren, wollte ich zumindest die Gunst des ersten Augenblicks für mich nutzen und meine noch vorhandene Energie zur Schau zu stellen. Möglichst unauffällig musterte ich den Pfarrer, der im Einklang mit sich selbst zu sein schien. Nicht nur das.

Über das Maß hinaus deutete die Art und Weise, mit der er seine Oberlippe kräuselte auf eine ausgeprägte Selbstzufriedenheit hin, wobei es beinahe überflüssig ist zu erwähnen, dass eine solche Haltung in mir von jeher das Aufkommen von Misstrauen und einer gewissen Abscheu zu begünstigen pflegt. Pünktlich um drei, die badische Kirchenglocke hatte die Uhrzeit zuverlässig bestätigt, räusperte er sich, und wie auf eben jenes Kommando rückten alle, die eben noch auf dem Hof verteilt gesessen hatten, in beinahe andächtiger Runde zusammen, nunmehr einen Kreis um ihn bildend. Noch vor einer offiziellen Begrüßung durch den Pfarrer meldete sich ein besorgter Tourist zu Wort und wollte wissen, ob denn die ganze Führung über Tschechov sei. Immerhin habe er eine solche bereits vor zwei Jahren anlässlich seines letzten Aufenthalts in Badenweiler absolviert, und er, so fügte er mit einer beinahe weinerlich wirkenden Stimme hinzu, wolle sich nur ungern ständig wiederholen. Insbesondere sei dieser Wunsch nach Neuem auch der Tatsache geschuldet, dass auch durchaus andere Literaten ihren Fuß auf den fruchtbaren Boden dieses Landstrichs gesetzt haben mochten, Hiermit beendete er sein Plädoyer. *Haben mochten?* Begann die Hitze meinen Kopf bereits zu vernebeln? Bereits vor Beginn der offiziellen Führung? Noch war ich mit der sprachlichen Analyse dieses Ausspruchs befasst, als auch schon der Pfarrer beruhigend versicherte, es ginge, ganz im Gegenteil, heute durchaus nicht um Tschechov. Nervös nestelte ich mein gelbes Informationsblättchen aus der Tasche, um sicher-zugehen nicht versehentlich auf der falschen Veran-staltung gelandet zu sein. Doch da stand es klar und schwarz auf gelb: Tschechov-Führung; Literarischer Spaziergang.

Was mochte den Sinneswandel bei dem Pfarrer also eingeleitet haben? Mit ehrlicher Neugierde lauschte ich seiner erstaunlichen Erläuterung. „Wir kommen hier insgesamt, um der Redundanz vorzubeugen, in letzter Zeit immer mehr von Herrn Tschechov ab". Was meint er mit *"wir"*?

Hatte er etwa die vereinte heilige Dreifaltigkeit auf seiner Seite? Unwahrscheinlich, selbst bei einem Pfarrer. Doch wer sonst konnte es sein? Wer machte aus ihm, dem Pfarrer, das *Wir*?

Ich musste nicht lange auf die Antwort warten.

„Dostojewski", hörte ich ihn sagen. „Dostojewski hielt, nun wie soll ich es ausdrücken, nicht gerade besonders viel von Anton." *Anton?* Nun duzte er ihn schon. Ärger stieg in mir auf. Nicht, dass ich etwas gegen die stärkere Vertrautheit habe, die dieser persönlicheren Anrede prinzipiell innewohnt, doch war mir klar, dass er das "Du" nicht aus diesem Grund gewählt hatte, sondern dass vielmehr eine allzu plumpe Vertraulichkeit, eine beabsichtigte Abwertung damit einherging. Und ich hatte Recht mit meiner Einschätzung. Wie sich aus dem weiteren Verlauf seiner Schilderungen unschwer heraushören ließ, hielt er Tschechov für gänzlich überbewertet. Er fasste schließlich zusammen, sein Ton ließ dabei keinerlei potentielle Anzweiflung seiner Worte gelten: „Wir haben uns daher dafür entschieden die Führung gerade auch den anderen Berühmtheiten zu widmen, die hier wohnten oder lebten." Er lächelte, so als habe er eine frohe Botschaft verkündet, was mein Herz, ohnehin von der Sonne bereits übermäßig erwärmt, geradezu in Sekundenschnelle zum Überschäumen brachte. „Dostojewski hielt nicht viel von Tschechov?" fragte ich provokant-gedehnt und fühlte mich mit einem Mal in meine Schulzeit zurückversetzt, wo mich der Ruf einer Revolutionärin recht schmeichelhaft und nach-haltig begleitet hatte. „In der Tat", gab der Pfarrer selbstsicher zurück.

„Dann sind sie doch sicher auch im Bilde darüber, was Dostojewski über die *Kirche* als Institution dachte?"

Meine eigene Stimme hallte schnippisch in meinen Ohren wieder. Emotional aufgewühlt bemerkte ich, dass ich das Informationsblättchen mittlerweile zu einer kompakten Kugel in meiner geballten Faust zerrrollt hatte. Der Pfarrer lief hellrot an, was ihm, um ehrlich zu sein, so gar nicht zu Gesicht stand, und ließ, anstatt, wie es sich doch gehört hätte, zu antworten, verlauten, der finanzielle Zuschlag für die Führung betrüge fünf Euro, da dieser nicht über die Kurtaxe abgerechnet werden könne.

Da ich es prinzipiell nicht leiden kann ignoriert zu werden, bohrte ich erneut nach:

„Wissen Sie denn überhaupt wie alt Tschechov war, als Dostojewski starb?"

Der Pfarrer drehte mir, erneut ohne zu antworten, den Rücken zu, und ich beschloss zu gehen, nein, vielmehr dramatisch hinwegzustürmen. So schnappte ich meine Tasche, drehte mich nur noch einmal zu der reichlich verdutzten Menge hin und rief, mir meiner theatralischen Präsenz durchaus bewusst: „Zwanzig! Er war zwanzig!" Sollten sie mit dieser Information anstellen was sie wollten. Was wohl der Pfarrer mit zwanzig gemacht hatte? Vermutlich verpickelt in Taizé auf seiner Gitarre rumgezupft und Kumbaya-My-Lord gesungen? Vermutlich. Mit zwanzig hatte man noch Entwicklungsmöglichkeiten, doch nicht jeder nutzte sie. Meine ungeteilte Abneigung galt nun dem Pfarrer. Auf die Gefahr hin mich vollends lächerlich zu machen, drehte ich mich dennoch ein letztes Mal um und rief mahnend und zugleich bereits ein wenig irre im Geiste erneut: „ZWANZIG!"

Dabei zeigte ich je zweimal meine (mit lackierten Nägeln gekrönten zehn ausgestreckten Finger, wie ich es bei rechenschwachen Schülern zur visuellen Untermauerung numerischer Belange zu tun pflege, bevor mich mein eigener dramatischer Ausbruch ermüdete und schließlich zu langweilen begann.

Ich beschloss daher die gesparten fünf Euro in einen Kaffee und ein Eis zu investieren.

Was mich genau so aufgebracht hatte, vermochte ich nicht zu sagen. Die Hitze? Mit Sicherheit hatte sie eine Mitverantwortung, doch nicht die größte. Weitere Eskapaden wollte ich mir heute keineswegs leisten. Das Café, nach dem ich suchte, sollte jedenfalls schattig sein.

Das war bei diesem Wetter und nach erfolgter öffentlicher Pöbelei eine Grundvoraussetzung. Es dauerte eine erschöpfende Weile bis ich endlich fündig wurde. Zwischenzeitlich war mir von der Sonne und der Hitze bereits ein wenig schwindelig. Meine Augen forschten vorsichtshalber nach einer wie auch immer gearteten Stütze, falls ich umfallen würde.

Doch dann, ganz am Rande gelegen und mit Blick auf die Vogesen, fand ich einen schattigen Rosengarten, der im Familienbetrieb gastronomisch in direkter, harmonischer Entsprechung florierte.

Ich bestellte einen Darjeeling und einen Apfelkuchen, da ich meine Meinung in dem Augenblick, in welchem ich auf den fein gekleideten Herrn in meiner Nähe aufmerksam geworden war, geändert hatte Plötzlich hatte mich der Wunsch erfasst ihm nahe zu sein oder ihn doch zumindest mit guten Manieren und ausgewählten Speisen zu beeindrucken, welche einem einfachen Kaffee und einem so kindischen Produkt wie einem Eis nicht gegeben waren.

Beinahe formvollendet schlug ich das rechte Bein über das linke, vom leichten Zittern, das mich bei seinem Anblick überkommen hatte, war kaum etwas zu merken, was mich ermutigte mit der Gabel und eleganter Geste das Vorderstück des Kuchens abzutrennen. Ich tat dies beiläufig, streifte es am Rande kurz an der Sahne, um es dann, ohne peinliche Zwischenfälle, zum Mund zu führen. Er lächelte mir zu. Wüsste ich nicht genau, dass Tschechov seit mehr als hundert Jahren tot war, und ich mich eben hier an dem Ort befand an dem er nachweislich und dokumentiert gestorben war, so hätte ich schwören können, dass er es war, der da saß. Seine Augen ruhten nun interessiert auf mir, was meine Nervosität erneut beflügelte. Ich entnahm den Teebeutel, wagte es aber nicht zu trinken. Sein Blick erschien mir beinahe wie eine Prüfung zu sein, die zu bestehen ich mir zur Aufgabe gemacht hatte. Noch bevor ich mich gedanklich auf meine Reaktion (für den Fall, dass er mich ansprechen würde,) vorbereiten konnte, war es indes schon so weit. „Es gibt keine Sicherheit, nur verschiedene Grade der Unsicherheit", stellte er unvermittelt fest. Dabei rührte er mit einem silbernen kleinen Löffel den Zucker in seiner kleinen Tasse umher. Was sollte ich darauf nur antworten, ohne gleich zu Beginn das schändliche Bild vom völlig fehlenden Esprit und mangelnder Schlagfertigkeit in ihm zu verfestigen? Ich beschloss also spontan mein rätselhaftestes Lächeln aufzusetzen, eine bewährte List, die mich bereits aus zahlreichen, herausfordernden Situationen gerettet hatte. Offenbar von meinem Lächeln ermutigt, setzte er zu einem zweiten Versuch an die Konversation in Gang zu bringen. Immerhin nahm ich derweil einen Schluck Tee zu mir, da sich mein Mund vor Aufregung ganz trocken anfühlte, was nicht die beste Voraussetzung dafür bot einigermaßen souverän in ein potentielles Gespräch einzusteigen. Noch immer war ich mir nicht sicher wer da eigentlich in meiner Nähe saß. Natürlich erinnerte ich mich daran, dass ich, meiner geradezu exzessiven Einsamkeit geschuldet, mich schon häufig plötzlich mit berühmten Denkern und Schriftstellern getroffen hatte. Auch Anton Tschechov war mir, neben Kafka, Schopenhauer, Nietzsche und gar Simone de Beauvoir durchaus schon begegnet. Meistens des Nachts während unterschiedlicher Spaziergänge. Doch dies hier war etwas grundsätzlich Anderes.

Zwar im Schatten unter einer Birke, doch dennoch im Tageslicht, durchaus dreidimensional und lebendig saß er da, aß mit großem Appetit – und weit unbefangener als ich – seinen Apfelkuchen und trank dazu einen doppelten Espresso. Dieser Mann war eindeutig echt. Somit konnte es nicht der vor mehr als hundert Jahren verstorbene Tschechov in persona sein. Soviel war sogar mir klar – und ich neige nun wahrlich nicht dazu die Dinge allzu sehr voneinander zu trennen. Indes war es mir klar, dass es sich bei diesem Mann, obgleich sein Aussehen auf eine geradezu verstörende Art dem Aussehen des Mannes glich, an den alles an diesem Ort hier zu erinnern schien, um eine andere Person handeln musste. Sogar der leichte Spott in seinen Augen, welcher mich zusätzlich verunsicherte, so dass meine Nervosität sich nun auf so hohem Niveau befand, dass es mit beinahe nichts mehr zu steigern gewesen wäre. Vermutlich war es genau diesem Umstand zu ver-danken, dass ich mich mit einem Mal wieder fing, und die Unsicherheit von mir wich wie eine recht un-angenehme Erinnerung. Schon häufig ist es mir so ergangen: Auf dem Höhepunkt des Unwohlseins fiel dieses Gefühl, diese Nervosität und Angst von mir ab. Nun aß ich meinen Kuchen ebenso unbefangen wie mein Gegenüber, selbst der leise Spott in seinen Augen vermochte es nicht mich von meiner neu gewonnenen Sicherheit abzubringen. Immerhin – hatte ich doch noch vor weniger als einer Stunde in aller Öffentlichkeit eine ganz andere Vorstellung abgegeben. Wie ich dem Pfarrer meine Meinung kundgetan hatte – wohl keiner aus der Gruppe der Zeugen hätte daraufhin angenommen, dass mich ein einzelner, ruhig dasitzender Herr in mittleren Jahren in solche Verlegenheit hatte bringen können. „Es gibt keine Sicherheit, nur verschiedene Grade der Unsicherheit", sprach er nun erneut mit einem fast diabolischen Lächeln, welches dennoch nicht beängstigend wirkte. In der Tat, ein widersprüchlicher Mann. „Was hat Sie vorhin eigentlich so geärgert?" Wollte er unvermittelt wissen? „Vorhin?" Verlegen dachte ich an meinen emotionalen Ausbruch zurück und wusste nichts darauf zu antworten. Wenn er dabei gewesen war, dann sprach dies nun wohl doch recht eindeutig dafür, dass er auch dieses Mal nicht das Konstrukt meiner eigenen, gelegentlich überbordenden Phantasie, eine schlichte Sinnestäuschung sein musste. Schließlich jedoch befand ich, dass es darauf ja nun wirklich nicht ankam. Wer die Frage gestellt hatte, durfte man getrost vernachlässigen. Wichtiger war, *dass* man sie gestellt hatte, und sie somit darauf harrte beantwortet zu werden. Ja, was war es denn gewesen, das mich dazu verleitet hatte die Kontrolle zu verlieren und nicht wie sonst davonzugehen, schweigend und mir meinen Teil denkend? War es die Bewertung gewesen, die der Pfarrer vorgenommen hatte? Oder eher die Tatsache, dass er sich hierbei nicht einmal die Mühe gemacht hatte eine solche Bewertung auch nur im Ansatz zu begründen? War es das unlautere Vorschieben eines literarischen Riesen, wie Dostojewski, gewesen, hinter dem er sich präsentiert hatte? Konnte ich nicht ertragen wie beiläufig man den großen Tschechov zur Seite gewischt hatte, oder ging es am Ende gar nicht um ihn? Immerhin: Niemand würde ernsthaft die Meinung eines Dorfpfarrers, und versteckte er sich gleich hinter einer ganzen Armee russischer Schriftsteller, auch nur im Ansatz in Betracht ziehen, wenn es um ein Nationalheiligtum wie Anton Tschechov ging.

Worum ging es also dann? Ging es um mich selbst? Oder um all die anderen die man mit einer Handbewegung hinwegwischen konnte, mit dem Hinweis auf irgendetwas kaum Belegbares, etwas hinterrücks aus dem Zusammenhang Gerissenes? Ging es noch ums Schreiben oder bereits um etwas dem Schreiben weitaus Übergeordnetes? Die Antwort wurde klarer. Und wie sie klarer wurde, so dachte ich müsste auch das Tschechov-Trugbild verschwinden, sich samt Kuchens und Espressos in Luft auflösen. Zu meiner Überraschung hingegen war dem nicht so! Der Herr saß noch immer auf seinem Platz. „Wissen Sie", er lächelte mich durchaus entschuldigend und ein wenig wehmütig an: „Es ist mir einfach nicht möglich gewesen zu gehen. Viel zu lange nämlich", sagte es und nahm einen weiteren Bissen, „hatte ich keinen so guten Apfelkuchen mehr." „Wenn Sie erlauben", schlug ich vor, „geht das zweite Stück auf mich". Er lächelte erneut, oder noch immer, und stellte fest, dass dies eine ganz außerordentlich gute Idee sei.

Wie lange wir in dem Café saßen, kann ich nicht mehr mit Bestimmtheit sagen.

Als ich zum Hotel zurückkehrte, war es bereits dunkel. Es war zu spät, um noch Schwimmen zu gehen, und so setzte ich mich mit einem der Bücher aus der Hotel-Bibliothek auf den Balkon.

Selbstverständlich hatte ich ein Buch von Tschechov gewählt. Doch kam ich nicht dazu es zu lesen.

Vielmehr konnte ich meinen Blick nicht mehr von dem Bild lösen, das hinten von ihm auf dem Rückumschlag abgebildet war. So saß ich bis es zu dunkel wurde, um etwas zu erkennen. (gekürzte Version)

Klavier im Wald

Das Klavier aus sehr dunklem, gut gepflegtem und repräsentativem Holz, ursprünglich aus dem Grund eines perfekten Harmonierens mit den übrigen Möbeln und dem Vorgeben kultureller und musikalischer Bildung angeschafft, verlor wie alles, dass sich in dieser Familie befand, in dem Augenblick seine Existenzberechtigung, in dem klar wurde, dass es, außer um einfach nur da zu sein, zu nichts diente.

Selbstverständlich war dies nicht einmal im Ansatz die Schuld des Klaviers, vielmehr des Besitzers, dessen vollkommene musikalische Taubheit, die Abwesenheit eines auch nur annähernd zu akzeptieren gewesenen Musiktalentes eine beklagenswerter, wenngleich bei Weitem nicht sein größter charakterlicher Mangel war.

Recht schnell war dem Klavier dennoch die Schuld gegeben.

Der Besitzer, der prinzipiell nur die jeweilige Schuld der Anderen kannte, sann auf eine baldige Abhilfe des Problems, welches das Klavier nun doch zunehmend darstellte; passte es nicht mehr so recht in das sich ständig ändernde Lebenskonzept. Ein Handwerker wurde gebucht und mit geradezu klinischer Präzision wurden die Tasten eiligst entfernt und weitere gekonnte Handgriffe vorgenommen, durch die das einstige Klavier in kurzer Zeit zu einer schicken Bar geworden war.

„Wie originell", bekam der Besitzer nun recht häufig zu hören. Die Bar wurde genutzt, jedenfalls zu Beginn, die Tasten hatte man bereits entsorgt, und auch der Bar drohte nach einiger Zeit ein ähnliches Schicksal. Diesmal war es nicht der Tatsache geschuldet, dass sie nicht nützlich gewesen wäre. Ganz im Gegenteil, genutzt wurde sie sogar täglich. Doch war sie mit ihren nunmehr beinahe zwei Jahren unmodern geworden, nicht mehr originell.

Dem Besitzer war kaum etwas unangenehmer als die Vorstellung davon, dass der Verdacht auf ihn fallen könnte nicht mehr à la Mode zu sein.

Sein Anblick hatte nun bereits hinreichend den Neid und die Anerkennung der Besucher erweckt. Dieses Ziel war nun gänzlich ausgereizt und drohte sich ins Gegenteil zu verkehren. Etwas Neues musste her. Die Bar (zwischenzeitlich diente sie noch kurzfristig, und mit einer roten Brokatdecke notdürftig verhüllt, als Raumteiler) musste schnellstmöglich weg. Zwei energische Möbelpacker trugen sie die steile Treppe hinunter, nicht besonders vorsichtig, denn der ungeduldige Besitzer hatte ihnen freie Hand gelassen. Es war ihm schlichtweg egal was aus ihr werden würde. „Wohin jetzt mit dem sperrigen Ungetüm?", fragte einer der Arbeiter, der nach einem langen Tag entsprechend müde und gereizt war. Und obgleich es den Vorschriften widersprach, stellten sie es mitten im Wald ab, ein wenig versteckt hinter Baumstämmen und Ästen, dann gaben sie Gas und hatten ihre unbequeme Fracht bereits eine Stunde später vollkommen aus ihren Gedanken verbannt. Da stand sie nun. Die Bar, das einstige Klavier. Aus Holz gearbeitet war es hier wohl offenbar zu seinen Ursprüngen zurückgekehrt. Holz zu Holz, gewissermaßen. Doch war der Wald kein Friedhof, keine letzte Ruhestätte im eigentlichen Sinn. Denn obgleich es verwitterte, an Farbe und an Form verlor, gewann es doch an Leben. Zweige rankten sich wie kleine Umarmungen um seinen großen, schweren Körper. Vögel ließen sich auf ihm nieder - dort gerade, wo früher seine Tasten gewesen waren. Es ließ sich nicht sagen welche Musik die Schönere war: Die Musik, zu der das Klavier ursprünglich gebaut und fähig gewesen wäre,- hätte es jemanden getroffen, der zu spielen es verstand. Doch darüber zu spekulieren wäre müßig. Die Musik des Waldes war das, was geblieben war. Und man hat im Leben nur das, was einem am Ende geblieben ist. Das Schlechteste musste es nicht unbedingt sein. Ganz und gar nicht. Selbstverständlich kann ich nicht sagen wie es dem Klavier ging. Wie hätte ich mir so eine Aussage auch nur anmaßen können. Ob ein Klavier etwas fühlen konnte? Im Grunde war es darauf angelegt, oder etwa nicht? Doch vermutete ich lediglich...Wie dem auch sei. Nur meine eigenen Gefühle kann ich beschreiben, als ich das, was von ihm geblieben war, bei einem meiner Waldspazier-gänge antraf.

Auf den ersten Blick hätte man es für ein trauriges Bild halten können – doch gebe ich mich prinzipiell nicht mit dem ersten Blick zufrieden. Ich wusste es. Ich fühlte es genau. Hier gehörte es hin. Es war nicht hierfür gemacht worden, und sicherlich war es eine gewisse Schande, dass es niemals zum Klang gekommen war.

Und dennoch, dennoch. Jetzt gehörte es hierher. Und es war gut so.

Tochter der Nyx

Normalerweise ist mir jede Form von Aggression zuwider. Ich gebe vor, die lächerlichsten Lügen und durchschaubarsten Manöver nicht zu bemerken.

Grobe Unhöflichkeiten anderer entschuldige ich vor mir selbst mit dem wahrscheinlichen Verfall in eine vorübergehende Geisteskrankheit, eine unerwartet früh einsetzende Demenz oder eine, durch toxische In Einflussnahme auf das Gehirn ausgelöste, frappant-frappierende rapide Beeinträchtigung gleich mehrerer kognitiver Fähigkeiten.

In diesen Momenten gelingt es mir sogar ein Mitgefühl aufzubringen und den liebenden Blick auf den anderen Menschen aufrechtzuerhalten.

Ursprünglich wollte ich einmal Pfarrerin werden. Mein Religionslehrer, und meine, in aller Bescheidenheit, nicht zu übertreffende Abschlussnote während der mehrstündigen Abiturprüfung, bei der ich einen recht enthusiastischen Vortrag gehalten hatte, legten das nahe. Auch meine Vorliebe für schwarze Kleidung wäre diesem Wusch durchaus entgegengekommen, wobei mir die kleine weiße Krause um den Hals ein wenig lächerlich vorgekommen wäre. Vielleicht wegen ihr entschied ich mich schließlich für die Psychologie mit dem festen Entschluss, den Menschen, wo ich nur konnte zu helfen, ihnen verständnisvoll zu Seite zu stehen. Viele Jahre ging das, wie ich fand, gut. Ich ertrug die Gemeinheiten, die sie mir erzählten, blickte in Abgründe und Lügen die sich als nahezu bodenlos erwiesen und begann mir zunehmend zu wünschen mein Gehör würde sich verabschieden, so dass ich von meiner Berufsunfähigkeitsversicherung Gebrauch machen, und in einen vorzeitigen Ruhestand treten könnte. Leider geschah das Gegenteil. Mein Gehör schien sich von Jahr zu Jahr noch zu verbessern, zu verfeinern. Selbst vor den feinsten Zwischentönen war ich nun nicht mehr gefeit, ein Umstand der mir den Schlaf und die Gelassenheit raubten, die mir nach all den Jahren zumindest im Ansatz noch geblieben waren. Der Ohrenarzt empfahl mir Glückspillen und Klavierkonzerte – oder am besten beides gemeinsam, um mich wieder in eine etwas ruhigere Gesamt-verfassung zu geleiten. Jedoch war keiner dieser Versuche von Erfolg gekrönt, wie ich zu meinem

Bedauern einräumen musste. Heftige, boshafte und widerwärtige Kopfschmerzen wurden ein ständiger, zunehmend unbeliebter Begleiter. Bald begannen mich sogar helle Räume zu quälen, obgleich das Licht ja nicht mit den Ohren aufgenommen werden konnte. Dennoch war es tatsächlich der Fall. Und so begann meine Verwandlung von einer friedfertigen Frau hin zu einer Furie griechischen Ausmaßes. Bald war mir als sei ich eine Fledermaus, so unheimlich war mir das Ausmaß dessen, was ich wahrnehmen konnte, so weit über das Maß des Erträglichen, des Normalen hinaus. Nicht einmal mehr gegen den Ultraschall war ich gefeit, Echosalat von allen Seiten, Stimmen, Geräusche, lauter, lauter. Unerträglich laut. So musste es sein den Verstand zu verlieren. Ich weiß, dass ich das damals oft gedacht habe.

Dann hörte ich auf zu Denken. Ich konnte nichts anderes mehr tun als einfach nur noch zu reagieren. Endlich rastete ich aus. Und zwar gründlich. An nur einem Tag zerstörte ich mir alles, was ich mir in den Jahren zuvor erarbeitet hatte – zum Preis meines nun vollends ausgeuferten Gehörs.

Wie ich das machte, der Leser und auch die Anderen mögen es mir verzeihen, möchte ich dem Vergessen anheim fallen lassen. Warum ich es dann überhaupt erwähne?

Es hat mir der Nacht zu tun und damit, dass sich in dieser Nacht alles änderte. Zunächst noch hörte ich die Geräusche von weit weg, doch dann verstummten sie alle. Ich glaube, dass ich in diese Nacht gestorben bin. Doch bin ich mir nicht sicher. Beweisen kann ich es jedenfalls nicht. Es gibt hier keinen, dem ich mich anvertrauen könnte. Aber, soviel kann ich ihnen zumindest versichern. Es ist ruhig. Überirdisch ruhig. Mehr will ich gar nicht. Und es wird immer noch ruhiger. Wie schwer, dies zu erklären. Sie wächst. Ruhe, die sich ausweitet, die alles in sich aufnimmt, verschluckt wie ein riesiger Teppich, der sich tröstend, fast liebevoll, um die Dinge legt.

Der Schlangenmensch

Der Schlangenmensch unterschied sich von anderen vor allem durch seine Vorliebe für Schlangen, welche so ausgeprägt war, dass er jeglichen Kontakt zu anderen Menschen bereits von sich abgestreift hatte wie ein nicht mehr willkommenes Kleidungsstück, oder aber, um bei den Schlangen zu bleiben, eine nicht mehr benötigte Haut. Schon immer waren ihm Menschen suspekt gewesen. Was genau ihn so an ihnen störte war im Nachhinein nicht mehr so recht auszumachen. Auf Anhieb hätte er wohl ihre Unberechenbarkeit benannt, doch auch das ist nur eine Vermutung, die aus seinem früheren Verhalten abgeleitet werden könnte. So hatte er sich durch Konstanz in seinem Verhalten ausgewiesen und Wert darauf gelegt Abweichungen in seinem Tagesablauf möglichst gering zu halten. Zumindest belegen dies die Zeugenaussagen, welche im Laufe der langen Befragungen schriftlich festgehalten wurden, nachdem die Kunde seines Tode die Runde gemacht hatte. Einige Tage waren vom Zeitpunkt seines Ablebens vergangen, bis man überhaupt auf sein Fehlen, vielmehr auf das Fehlen einer alltäglichen Handlung, aufmerksam geworden war. Es waren die hastigen Schritte im Treppenhaus gewesen, das leise Heimbringen der noch immer lebenden Nahrung für seine Schlangen, überwiegend Mäuse und Ratten. Das leise, fast verschämte Geräusch, welches das Umdrehen des Schlüssels im Schlüsselloch verursachte, war verstummt. Drei ganze Tage und fast vier Nächte hatte es immerhin gedauert bis dieses, unbewusst wahrgenommene Geräusch, beziehungsweise dessen plötzliches Fehlen, einem Anwohner des zweiten Obergeschosses aufgefallen war. Das Bild, welches sich den Polizeibeamten, die gewaltsam in die Wohnung des Schlangenmenschen eingedrungen waren, bot, war so grotesk, dass man es nicht geglaubt hätte, wäre einem lediglich davon erzählt worden. Es erinnerte an die Zeichnung in der Er-zählung von Saint-Exupéry, jene, in der eine Schlange einen Elephanten verschluckt hatte, was sich dem ungeübten Betrachter zunächst jedoch ausnahm wie ein überdimensionierter Hut. Ebenso wurde der Schlangenmensch, vielmehr das, was nun von ihm übriggeblieben war, gefunden. Es ist mir als Erzählerin durchaus recht bewusst, dass ich beim Wiedergeben solcher Geschehnisse eine gewisse Verantwortung trage, die es mir verbietet allzu phantastische und scheinbar unglaubwürdige Geschichten preiszugeben. Daher würde ich dies auch nicht tun – wenn es denn eine andere Möglichkeit gäbe als diese, welche sich ausschließlich aus der Wahrheit speist. Wie konnte denn ein Mann, zugegebenermaßen kein sehr großer Mann, viel eher schmächtig und von kleinem Wuchs, aber dennoch ein *Mann*, von seiner eigenen Schlange gefressen und verdaut werden? In seinen offen herumliegenden Tagebüchern las man, aufgrund einer gezielteren Befunderhebung und zur Klärung dieses kriminalistischen Rätsels, sofort und nach, dass eben dies sein sehnlichster Wunsch gewesen sei. Eine Vereinigung mit seinen geliebten Schlangen im Tod. Doch der feste Wunsch allein, in allen Ehren, stand dennoch der physikalischen Unmöglichkeit einer solchen von der Schlange vorgenommenen Handlung im Wege. Das herbeigerufene Team blieb unerfreulich ratlos. Beim Oberkommissar setzen gar so heftige Kopfschmerzen ein, dass er den Rest des Tages, einen Arzttermin vorgebend, mit den Beinen in der Isar baumelnd verbrachte, grübelnd und bar jedes Erklärungsansatzes, beinahe hilflos - wie es sonst gar nicht seiner Art die Dinge anzupacken entsprach.

Eine Art Lähmung hatte ihn ergriffen und eine unbestimmte, anwachsende Furcht, die er jedoch eben noch vermochte zu verscheuchen. Konnte der Wunsch eines Menschen die Gesetze der Natur auf den Kopf stellen? „Die Isar kann ich auch in Gedanken nicht rückwärts fließen lassen!", schlussfolgerte er grimmig. Wie also war es dem Schlangenmenschen gelungen mit Haut und Haaren gefressen zu werden? Welches Geheimnis hatte er mit keinem anderen Menschen teilen mögen? Wäre es möglich, dass die Schlangen ihm bei der Lösung behilflich sein könnten?

Während die Nacht sich gemächlich über München neigte, erschien ihm ausschließlich diese die einzig denkbare Möglichkeit zu sein, um an brauchbare Informationen bezüglich des merkwürdigen und grotesken Ablebens des so rätselhaften Schlangenmenschen zu kommen. Seinen ersten Gedanken, gleich wieder zum Tatort zurückzukehren, verwarf er zunächst. Dort würde er die Schlangen nicht mehr vorfinden. Und doch, aller Vernunft zum Trotz, zog es ihn zurück in diese Wohnung. „Man müsste sich biologisch besser auskennen", dachte er noch. Vielleicht gab es ja größere Schlangen, als er bisher angenommen hatte. Auch ein Oberkommissar konnte schließlich nicht alles wissen. Ohnehin war das mit der Biologie bereits in der Schulzeit nicht gerade sein Lieblingsfach gewesen. Die Kollegen würden sich darum kümmern, das wusste er, und es beruhigte ihn, zu jeder Tag- und Nachtzeit auf dem Laufenden gehalten zu werden. Seine Stärke war nun einmal der kriminalistische Spürsinn. Also betrat er die Wohnung erneut. Erwartungsgemäß hatte die Spurensicherung und der Pathologe und die hinzugerufenen Tierfänger mit diversen Käfigen ganze Arbeit geleistet. Von Schlangen und dem verblichenen Schlangenmenschen war nicht einmal mehr ein kleines Fetzchen Haut zurückgeblieben. Konzentriert besah er sich nun nach und nach die anderen Räume der Wohnung um zu prüfen, ob sich in dem allgemeinen Durcheinander etwas dem Auge des Betrachters entzogen haben mochte. Hierbei verließ er sich ganz auf seinen Instinkt. Er begann sich auf dem Boden kriechend fortzubewegen, um ein Gefühl für Schlangen zu entwickeln. Schon war er dabei an dieser unüblichen Fortbewegungsweise einen gewissen Gefallen zu finden, als er eine grauenhafte Entdeckung machte.

Etwas Ungeheures bewegte sich zielsicher auf ihn zu. „Ach, das Wasser der Isar", dachte er wehmütig und wunderte sich zugleich über diesen Gedanken, der ihm in dieser Situation nicht angemessen zu sein schien. Was dann nämlich geschah, möchte ich aus Rücksichtnahme auf die zarten Nerven mancher Leser verschweigen. Nur so viel sei angedeutet: Als ihn der Anruf seines Mitarbeiters erreichte, welcher die nachfolgende Textnachricht enthielt:

„Es handelt sich um eine Anakonda, noch nicht ganz ausgewachsen", da war er nicht mehr in der Lage sich daran zu erinnern, dass er irgendwann tatsächlich schon einmal von einer solchen Schlange gehört hatte. Nein, er war nicht mehr in der Lage dazu, denn ein zweites, hutartiges Gebilde hatte sich in der Wohnung des Schlangenmenschen zusammengefügt, und diesmal würde es wohl sehr lange dauern bis jemand vom Verschwinden des Oberkommissars Kenntnis nehmen würde.

Die Pianistin - reloaded

Im Zug lese ich gern. Die Strecke ist zumeist ruhig und zu Beginn für etwa eine halbe Stunde überwiegend dunkel. Das ist so wegen der zahlreichen Tunnel. Doch meistens behalte ich meine Sonnenbrille trotzdem auf, weil mich niemand beobachten soll beim Lesen. Beim Einsteigen stört die Brille manchmal. Es kann sein, dass ich den Schaffner nicht sehe oder einen Fahrradfahrer, der aussteigen will, um mit seinem Rad an den Bodensee weiterzufahren. Ein Afrikaner sitzt im unteren Abteil. Er trägt eine Kampfhose und darüber ein langes weißes Gewand, das an ihm flattert wie eine Friedensfahne, so dass man die Kampfhose nur ein klein wenig sieht. Fast unanständig blitzt sie unter dem Kaftan hervor.

Der Mann sieht verzweifelt aus. So als wollte er unter keinen Umständen kämpfen. Hier im Zug muss er das ja auch nicht. Im Zug gibt es für beinahe alle eine gewisse Verschnaufpause. Meistens. Ich gehe in das obere Abteil. Dort schreit ein Säugling um sein Leben.

Die Mutter trägt ihn auf dem Arm. Nach einer Weile wimmert er nur noch leise. Ich packe mein Buch aus. Sogar mit Widmung diesmal. Zuerst betrachte ich das auf dem Titel abgebildete Gesicht des Autors. Der Schaffner möchte wissen, ob ich noch zugestiegen sei. Als ob er das nicht wüsste. Gerade vorhin bin ich beim

Einsteigen mit dem Koffer beinahe über seinen linken Fuß gefahren. Er entwertet mit gewichtiger Miene die Fahrkarte und wünscht mir dann einen guten Tag.

Einen guten Tag wünschen Schaffner immer erst nach Entwerten der Karte. Die Karte wird zwar entwertet, der Wert wird dann aber direkt auf den Fahrgast übertragen, der eine noch zu entwertende Karte bei sich führte. Daher also verabschiedet sich der Schaffner nunmehr freundlich. Nun habe ich keine Lust mehr mir das Gesicht des Autors anzusehen, da ich gleich lesen möchte. Der Schaffner hat mir Zeit geraubt. Ich kann sie aber wieder aufholen, wenn ich sofort lese. Wenn ich gleich in der Mitte anfange, geht es noch schneller. Manchmal beginne ich in der Mitte oder sogar noch weiter hinten. Dann lese ich es zurück. Aber nur, wenn mir die Mitte und das Ende gefallen haben. Gleich wird Paul kommen, der mobile Kaffeeverkäufer, der sich Caterer nennt und mir immer zwei Kekse zu meinem Kaffee schenkt. Dafür gebe ich ihm dann etwas mehr Trinkgeld. Sowieso kaufe ich den Kaffee nur, weil Paul das Geld braucht.

Er hat fünf Enkel und Schlafprobleme. Ich muss mich beeilen mit dem Lesen bevor Paul kommt. Er wird mir auch wieder Zeit rauben. Ich schlage das Buch irgendwo auf.

„Eine Pianistin", so heißt die Kapitelüberschrift. Ich beginne zu lesen. Eine Art Blitzschlag trifft mich. Erst denke ich, dass das damit zusammenhängt weil wir nicht mehr im Tunnel sind mit dem Zug. Aber das ist es nicht. Es ist die Geschichte.

Parallel dazu ist der letzte Tunnel zwar ebenfalls vorbei, das Tragen meiner Sonnenbrille offiziell spätestens jetzt zu rechtfertigen, doch das ist es nicht. Es ist die Geschichte. Ich bin meiner Sonnenbrille dankbar dafür wie sie mich schützt.

Niemand soll wissen, was diese Geschichte mir bedeutet. Paul kommt vorbei. „Kaffee?" fragt er und beginnt Kekse und Pappbecher schon in Position zu bringen. Entsetzt schüttle ich den Kopf.

„Heute nicht". Mein Herz klopft unerträglich schnell; Kaffee in dem Fall komplett kontraindiziert.

Schuld daran ist die Pianistin. Verwirrt klappe ich das Buch zu und versuche nun doch im Gesicht der Autoren zu lesen. Natürlich hätte ich das schon früher machen sollen.

Eine Unachtsamkeit, die sich sofort gerächt hatte. Es empfiehlt sich nämlich die Gesichter derer zu studieren, deren Geschichten man liest. Sonst trifft es einen am Ende noch vollkommen unvorbereitet. Und dann sitzt man da. Ohne Kaffee und mit klopfendem Herzen. Woher wusste er von ihr? Wer hat ihm von ihr erzählt? Sein rechtes Auge sieht mich wach und ungerührt an. Das linke Auge blickt ernst.

Von ihm werde ich nichts erfahren. Soll ich es ihm sagen? Soll ich ihm sagen, dass ich die Pianistin bin? Oder wäre es, in Anbetracht der Tatsache, dass ich gar kein Klavier besitze, zu vermessen? Niemand hat mich jemals besser beschrieben – und niemand hat mir je ein so schönes Ende geschrieben. Für dieses Ende allein lohnt sich alles, was ich zuvor gelesen habe und alles, was ich noch lesen werde. „Ich danke Ihnen für dieses Ende", denke ich laut und sehe sein Bild auf dem Cover an. Jemand, der ein solches Ende gefunden hat für jemanden, der noch nicht einmal ein Klavier besitzt, so jemand hat es einfach verdient gesiezt zu werden. Ich werde mich doch nicht plump vertraulich mit einem „Du" an ihn heranschmeißen. Eine Pianistin tut das nicht. Eine Pianistin, die etwas auf sich hält, erkennt den wahren Wert eines guten

Stückes – sei es mit Noten versehen oder ohne. Eine wirklich gute Pianistin braucht hierfür kein Klavier. Wenige nur wissen das. Er, dessen Auge so ernst blickt, weiß das längst. Er kennt mein Leben, vielleicht sogar mein Ende. Gedanken jagen durch meinen Kopf wie die Affen aus Salem oder wie die Affen aus der Orangerie in Strasbourg oder überhaupt wie Affen eben. Paul möchte mir ein Käsebrot verkaufen. „Ich muss leider aussteigen", entschuldige ich mich. Den Koffer ziehe ich hinter mir her. Das Buch habe ich nicht wieder in die Handtasche gesteckt. Ich halte es fest an mich gepresst wie eine Art Schutzschild. Die Augen des Schriftstellers geradeaus. Der Schaffner sieht mir nach. Das macht er immer so. Warum, weiß ich nicht. Währenddessen entwertet er Fahrkarten. Dabei müsste er doch draußen auf dem Gleis stehen mit seiner Trillerpfeife. Irgendwie verstehe ich ihn nicht. Aber vermutlich hat das nichts zu bedeuten.

Ohnehin habe ich jetzt an etwas Besseres zu denken, oder zu hören. Denn ein Musikstück möchte mit einem Mal nicht mehr heraus aus meinem Kopf. Ob ich es auf dem Klavier nachspielen könnte? Ich glaube schon. Ob nun mit Klavier oder ohne. Und dieser Schriftsteller, der hat das vorher schon gewusst.

Männerbrüste

Sternberg, jahrelang unter der Knute von Mutter und Frau, wurde nun zu so etwas wie einem Vater. Biologisch nicht, doch das war ohnehin überholt. Mit künstlicher Befruchtung durch einen - ebenfalls sehr musikalischen - Erzeuger war es ihm, dem Arzt und seiner Frau gelungen der Natur ein Schnippchen zu schlagen. Die Publicity begann lang vor der Geburt. Als „schwangere Pianistin" wurde Sternbergs Frau gefeiert wie weiland die Mutter Gottes mit ihrer Leibesfrucht persönlich. Ich weiß, es könnte miss-günstig klingen. Noch vor einem Jahr sah es so als bekämen *wir* das gemeinsame Kind. Meinen Bauch hat er damals geküsst, nicht ihren. Doch sollte es nicht sein und so gönne ich es nun ihr und auch ihm. Um das Kind sorge ich mich ein wenig. Doch am Ende ist es nicht meine Sache ob es funktionalisiert wird oder nicht. Am Ende ist es nur meine Sache, dass mein Sternberg mich nicht mehr liebt. Ich möchte nicht zuviel verraten, es gibt Dinge, die unter uns bleiben sollten, nicht ausgesprochen gehören. Doch dass Sternberg mich nicht mehr liebt, weil es den, der mich liebte, nun nicht mehr gibt, das ist schwer zu ertragen. Er hatte doch versprochen derselbe zu bleiben, mich in seinem Herzen zu bewahren. Nun ist da so ein bereits jetzt müder werdender Familienvater mit Männerbrüsten und schlaffem Kinn. Wie gemein bin ich das auszusprechen. Doch hasse ich ihn, diesen neuen Sternberg, der sich nun noch mehr unter die Knute aller begeben wird in der Hoffnung, dass der neue Prinz, die neue Prinzessin berühmter mögen werden als es ihm beschieden war. Einer, der die von der Musikwelt gefeierte Mutter vom Thron stieße. Keine Zeit mehr für unsere verstohlenen Küsse, verträumten Blicke, für das heimliche Stillstehen der Zeit. Jetzt geht es, jawohl, um das Ganze. Um das Wiederherstellen einer Ehre, die vor Jahrzehnten verloren ging, als wiederum er den Musik-Thron hatte räumen müssen. Wer war ich für ihn gewesen? Wer war ich nun? Wer war ich nun - ohne ihn? Nein, ich irre mich. Er wird ihn wirklich lieben, diesen Kleinen, diese Kleine. Seine Zärtlichkeit ist nun gebunden und von mir entbunden. Ich möchte mich von Brücken stürzen und vor Züge werfen. Wenn es nur nicht so endgültig wäre. Seine Liebe käme, darüber hinaus, auch nicht mehr zurück. Stattdessen hängt nun bald ein Kind, ich werde es beiden gönnen müssen, verliebt und zärtlich an seinen weichen, weißen Männerbrüsten.

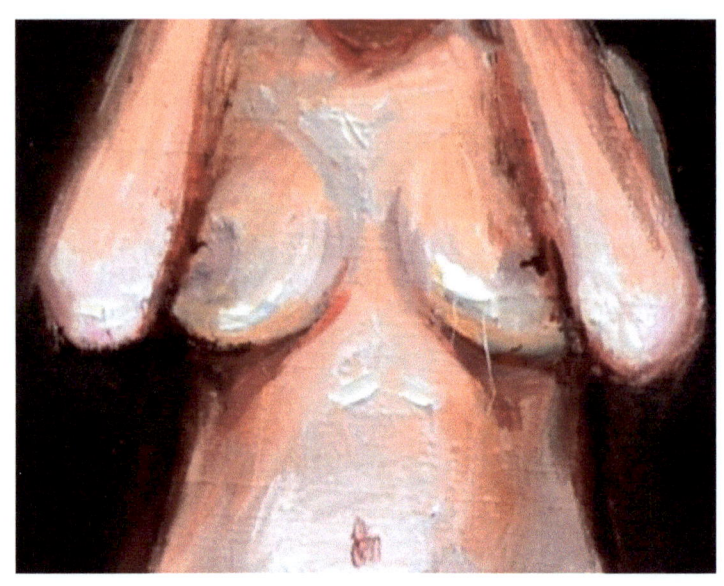

Mors certa

Die Ausflüge durch die brandenburgische Landschaft mit ihren winzigen Dörfern, welche, bereichert durch zahlreiche kleine Seen und gesäumt von duftenden Kiefernwäldern, wohlig gebettet auf den für sie so typischen Sandböden eine wahre Kostbarkeit für Juri Dreyfuss darstellten, so dass es ihm, besonders in den letzten Wochen eine besondere Freude bereitete seine Zeit hier zu verbringen, lenkten ihn doch vom anstrengenden und etwas, wenn nicht sogar ganz und gar freudlos gewordenen Alltag ab, der in Berlin zur Tagesordnung geworden war.

Was sich genau geändert hatte konnte er nicht sagen. Vielleicht war es auch einfach nur seinem mittlerweile doch etwas höherem Alter geschuldet. Immerhin ermöglichte ihm die Tatsache, dass er sich mittlerweile im Ruhestand befand eine Chance um die ihn seine früheren Kollegen sicherlich beneidet hätten. So konnte er nun nicht nur an den Wochenenden, sondern auch an ganz normalen Wochentagen seiner Neigung nachgehen und das ländliche Umfeld erkunden. Durch sein freundliches Wesen geschah es ihm auf diesen Ausflügen recht oft, dass er von der ländlichen Bevölkerung angesprochen und in das ein oder andere Gespräch verwickelt wurde. Auch heute war das so. Eine Frau, offenbar ebenfalls fremd hier, steuerte zielsicher auf ihn zu und fragte ihn, wo sich der Friedhof in dieser Ortschaft befand. Dreyfuss stutzte. War auf diesem Friedhof denn irgendeine Berühmtheit beigesetzt von der er nichts wusste?

Fontane, Humboldt, Kleist, am Ende der berüchtigte Ritter Friedrich von Kahlbutz gar? In Gedanken ratterte er die lokale Prominenz herunter, doch niemand fiel ihm ein der gerade hier seine letzte Ruhestätte gefunden haben mochte. Da er selbst nicht wusste wo sich der Friedhof befand, er jedoch von Natur aus zu Hilfsbereitschaft neigte, half er der Frau den dem Dorfe zugeordneten Kirchenacker zu finden, der sich ein wenig außerhalb befand und von großen Bäumen beschützt wurde. Sie bedankte sich höflich, Dreyfuss verabschiedete sich und setzte seinen Weg fort. In der nächsten Ortschaft wurde er erneut angesprochen. Diesmal war es ein Mann der, zu Juris Erstaunen, ebenfalls wissen wollte, wo sich in diesem Ort wohl der Friedhof befände. Juri Dreyfuss bemühte sich wacker das dumpfe Klopfen in seiner Brust zu ignorieren, und half auch ihm das gewünschte Ziel zu erreichen. Der Mann, mit einer kleinen Erdschaufel ausgerüstet, bedankte sich ebenfalls liebenswürdig und freundlich, drückte langsam die eiserne Klinke des Friedhofzauns nach unten und verschwand hinter Grabsteinen und Mauern, welche auf der Vorderseite als Urnenstätten dienen mochten. Ratlos blieb Dreyfuss zurück.

Im Grunde war er kein Mensch der sich selbst als abergläubisch bezeichnet hätte. Und dennoch. Mit einem deutlichen Ziehen im oberen Bauchbereich gedachte er der zahlreichen Märchen, die ihm seine Großmutter immer dann vorgelesen hatte wenn er bei ihr zu Besuch war. Seine Mutter, wesentlich nüchterner als die Großmutter, hatte von so etwas immer abgesehen. Dafür hatte sie ihm vergleichsweise harmlose Kinderlieder vorgesungen. Dreyfuss beschloss nun, eines dieser Lieder aus der Kinderzeit vor sich hinzusummen um die Angst zu vertreiben welche die Erinnerung an die Märchen seiner Großmutter aus seinem Innersten hervorgekramt hatte. Jeder wusste immerhin, dass sich im Märchen alles dreimal wiederholte bis die Katastrophe eintrat. Auch im Märchen fragten Fremde den einsam Wandernden oft nach dem Weg. Die ersten zwei Fremden hatten hierbei nur die Funktion den Leser, oder nun ihn als direkt Betroffenen, auf die Begegnung mit dem dritten, dem wesentlichen Fremden vorzubereiten. Von einem schlichten Vorbereiten konnte allerdings wiederum nicht die Rede sein.

War es nicht eher der erbärmliche Versuch einer gezielten Einschüchterung? Eine lauter werdende Drohung? Ohne auch nur darüber nachzudenken und hektisch war Dreyfuss im dritten Dorf einer Frau mittleren Alters ausgewichen, welche ebenfalls gerade im Begriff war auf ihn zuzusteuern. Von weitem bemerkte er bereits ihre Blässe, sah ihre dunkle Kleidung, ihre Augen, die auf ihn gerichtet waren. Doch er war ihr zuvorgekommen. Rennend und Haken schlagend wie ein Hase war er auf die Feldwege ausgewichen welche sich weit aus den Dörfern heraushielten, und auf denen um diese Tageszeit keine Menschenseele zu finden war. Noch lange rasselte seine Lunge, brannte und bot sich einen wilden Kampf mit seinem Herzen. Noch Stunden später sah er sich nach der Frau um. Nach einiger Zeit bemerkte er jedoch, dass er nun wieder ruhiger wurde und dass die Spannung, die sich auf ihn gelegt hatte, von ihm gewichen war. Erst als es bereits dämmerte und er sich Gedanken darüber machen musste wie er am besten ungesehen nachhause käme wuchs seine Nervosität, verbunden mit seinem alten Widerwillen, nach Berlin zurückzukehren wieder an, bewegte ihn schließlich zu der festen Entscheidung nicht wieder umzukehren, sondern stattdessen die Nacht in einem nahe gelegenen, sich auf einer Anhöhe befindenden, sternengekrönten Landhotel zu verbringen. Auch hier vermied er jedweden Kontakt zu jedem ihm dort begegnenden Menschen, verzichtete auf das Abendessen in der Gaststube und plünderte stattdessen, nur noch in Unterwäsche bekleidet, die Mini-Bar. Das Fernsehprogramm war ganz ausgesprochen seicht, was Dreyfuss sehr entgegenkam, versetzte es ihn doch in einen Zustand angenehmer Entspannung.

Dann plötzlich, unerwartet und fordernd, ein Klopfen an der Tür. Dreyfuss stöhnte hörbar auf und hielt sich daraufhin sofort die Hand vor den Mund. Er war nicht gewillt aufzumachen. Um keinen Preis der Welt. Es klopfte ein zweites Mal, dann hörte er wie sich Schritte schlurfend entfernten. In dieser Nacht schlief er sehr schlecht, von wilden Träumen und bösen Vorahnung zerschunden war auch sein Bett am nächsten Morgen. Viel zu früh war er erwacht. Vermutlich würde es um diese Zeit noch nicht einmal das Hotelfrühstück geben. Andererseits bot sich ihm die, hinsichtlich seiner gegenwärtigen Situation schätzenswerte Gelegenheit der erste beim Frühstück zu sein und somit allen Menschen, vom Hotelpersonal abgesehen, aus dem Weg zu gehen.

Zuvor durchsuchte er im Gang heimlich noch die Wäschekammer nach Reinigungs-und Duftmitteln um seine Kleidung für den anstehenden öffentlichen Auftritt im internen Speisesaal vom Schweißgeruch des vergangenen Tages zu befreien. Waschen konnte er sie nicht mehr, so viel Zeit blieb ihm nicht, hätte er sie doch mindestens die ganze Nacht in seinem Zimmer trocknen müssen. Doch gab es vielleicht ein alles überdeckendes, ein nach unendlichen Kiefern- wäldern duftendes Spray? Er fand eine große Flasche mit einer milchigen Flüssigkeit, schraubte den Deckel ab und roch daran. Das wäre etwas gewesen, doch konnte man es nicht zerstäuben. Immerhin tupfte er sich zwei Spritzer unter die Achseln und verschloss die Flache vorsichtig. Weichspüler stand darauf, gleich in mehreren euro-päischen Sprachen. Softener, doux...er versuchte, was ihm als ehemaligem Lehrer eine Herausforderung war, die Begriffe für Weichspüler den jeweiligen Sprachen gezielt zuzuordnen. *Englisch, Deutsch, Holländisch, Griechisch, Rumänisch, Kroatisch, Tschechisch, Spanisch, Türkisch Französisch...* Dreyfuss stutzte.

Morbido fiel ihm ins Auge. *Morbido*. Die Sprache war ihm nun egal. Nur noch in sein Zimmer wollte er, und von dort aus zu der Expedition aufbrechen die zum Ziel hatte den anderen im Speisesaal zuvorzukommen.

Vorsichtig betrat er den Saal, unrasiert zwar, doch immerhin nach Weichspüler duftend und mit frisch gewaschenem Haar, wobei sich ihm die hoteleigenen Sortimente kleiner Seifen und Shampoos als hilfreich erwiesen hatten. Soviel Selbstachtung war er sich schuldig, fand Dreyfuss, der bis zu seinem baldigen Ende, welches sich immer unmissverständlicher und symbolträchtig andeutete, wie er fand, zumindest den Rest von Haltung bewahren wollte. Höflich und fest blickte er der jungen Servierkraft in die Augen, bat um einen Kaffee (schwarz und ohne Zucker) und um einen Tisch mit Blick an die Wand, möglichst am Rande des Saals und in unmittelbarer Nähe zum Ausgang, schaufelte sich behände mit einem großen, eigens bereitgestellten silbernen Löffel Cornflakes auf einen Teller, übergoss diese schließlich mit etwas Honig, warmer Sahne und kleinen beinahe schwarz glänzenden Blaubeeren. Schließlich machte sich an seine Henkersmahlzeit, die ihm, trotz der Blaubeeren nicht so recht schmecken wollte. Er hörte wie andere Menschen den Saal betraten, hörte sie murmeln, verhalten Lachen, hörte das wiederholte Zischen der Kaffeemaschine, nahm den Geruch verbrannten

Toasts und den unsäglichen Gestank gekochter Eier wahr, sah die Sonne sich mächtig erheben, aus dem Augenwinkel wohlgemerkt, denn noch immer vermied Dreyfuss jeden Kontakt, jeden Blick zu den anderen Hotelgästen oder zum Fenster hin. Noch im Sitzen entwarf er einen geschickten Plan der es ihm ermöglichen sollte möglichst unbemerkt wieder auf sein Zimmer zu gelangen. Als ihm der Augenblick günstig erschien schob er den leeren Teller zur Seite, trank den kalt gewordenen Kaffee mit einem einzigen Schluck aus, nahm seinen Mut zusammen und stand nach einigen, wenigen Schritten, schneller am Aufzug, der ihn sicher zu seinem Zimmer bringen würde, als er ursprünglich angenommen hatte.

Kurz überlegte er die Treppe zu nehmen, da er mit niemandem in einem Aufzug eingesperrt sein wollte. Doch dieser hier schien wenig frequentiert, da sich die meisten Gästezimmer offenbar im Parterre befanden.

Also beschloss Dreyfuss eine Ausnahme zu machen und wartete ab. Der Aufzug ruckelte und schnaubte. Die Tür öffnete sich und gab den Blick frei auf eine Gruppe von drei Personen, die offenbar soeben alle zugleich mit dem Aufzug nach unten gefahren waren.

Dreyfuss erkannte zwei von ihnen auf den ersten Blick, an die dritte erinnerte er sich schemenhaft, und so verharrte er in ganz plötzlicher Todesangst. Sie erkannten auch ihn wieder und grüßten offenbar erfreut. Es waren die Fremden, die ihn nach dem Weg zum Friedhof gefragt hatten.

Die merkwürdige Frau hingegen, welcher er im dritten Ort ausgewichen war, kam nun direkt auf ihn zu. Schwarz gekleidet und etwas blass musste *sie* es sein. *Sie war der Tod* Und das wiederum war, mit Verlaub, obgleich Dreyfuss durchaus kein zimperlicher Mensch war, selbst für ihn zuviel. Ihm wurde schwarz vor Augen. Als er wieder zu sich kam und dem Tod, wie er dachte, nun unausweichlich ins Auge blickte, schien dieser jedoch vielmehr damit befasst zu sein ihn ins Leben zurückzubefördern statt ihm nach demselben zu trachten. Dreyfuss verstand nun gar nichts mehr. Die Frage der dritten Frau, der, welcher er den Weg zum Friedhof nicht gezeigt hatte, hallte in seinen Ohren und ergab keinen Sinn, obgleich sie deutlich gestellt war und, wie er als ehemaliger Lehrer durchaus noch immer befriedigt bemerkte, keinerlei grammatikalische oder sonstige Lücken aufwies. „Soll ich sie auf ihr Zimmer bringen?" Die Stimme klang freundlich und ein wenig besorgt. Konnte das die Stimme des Todes sein?

Er hatte sie sich immer anders vorgestellt. Blechern und wie mit einem Verstärker lauter gedreht, verzerrt und unheimlich. Gerne wäre er aufgestanden und einfach gerannt, um sein kleines Leben gerannt, doch schwante ihm, dass ihm hierzu, besonders nach seinem etwas unrühmlichen Sturz zu Boden, bei dem er seinen Knöchel verletzt und sich darüber hinaus noch ein wenig lächerlich gemacht hatte, die Kraft fehlen würde ebendies zu tun.

Wie ein Opferlamm ließ sich also der sonst so lebendige, wehrhafte Dreyfuss abführen, auf sein Zimmer zwangsbegleiten von einer Frau bei der es sich so offenbar um den Tod handelte. Ihre gedeckte, dunkle Kleidung hatte ihn dies sofort vermuten lassen. Mit dem Rest, ihrem liebenswerten, hübschen Aussehen, hatte sie ihn getäuscht. Sie hatte ihn getäuscht wie ihn zuvor auch das Leben getäuscht hatte. Nicht nur einmal, selbstverständlich.

Dreyfuss hatte in seinem Leben so Einiges erlebt. Die Täuschung hatte dazugehört, ihn oft genug aus der Bahn geworfen. Doch keine Täuschung war so perfekt gewesen wie das Lächeln dieser Frau, die viel jünger erschien, schöner und freundlicher als er sie von weitem in Erinnerung gehabt hatte. „Kommen sie", „Wir müssen ihr Bein nach oben lagern", Ihre Stimme klang freundlich aber entschlossen. „Wozu denn bitte das noch?", wollte Dreyfuss, mittlerweile eher ungehalten von ihr wissen. „Sie holen mich doch sowieso! Können sie da mein gottverdammtes Bein nicht in Ruhe lassen?"„Holen? wieso"? Sie klang nun verwirrt, dann besorgt. „Ist ihnen schlecht?", wollte sie wissen. Offenbar versuchte sie mit dieser Frage zu erörtern, ob Dreyfuss auf den Kopf gefallen war. Er kam ihr zuvor: „Nein, ich bin nicht auf den Kopf gefallen. Weder heute noch in all den Jahren davor. Ich bin nicht blöd und ich weiß, was gleich geschehen wird. " Als könnte man einen ehemaligen Lehrer hinter das Licht führen! Verächtlich formten seine Lippen ein Phhhhh aus heißer Luft. Das war es ohnehin, was er von ihr hielt. „Geschehen"? Sie schien noch immer nicht zu begreifen. Die Art und Weise wie sie seine Worte wiederholte erzürnte ihn nun vollends. Er begann zu zetern und zu schimpfen, begehrte gegen das Schicksal auf und gegen diesen inkompetenten Todesengel bis die, offenbar zart besaitete Frau neben ihn in Tränen ausgebrochen war. „Hier, nehmen sie meine Karte, falls sie etwas brauchen. Rufen sie mich an, wenn sie sich wieder beruhigt haben." Sie versuchte das Schniefen zu unterdrücken, doch versagte dabei kläglich. „Was ist jetzt schon wieder los?" schnauzte er sie an. Da erhob sie sich mit zitternden Lippen, ließ die Karte sachte auf sein Bett segeln und verließ fluchtartig sein Zimmer."

„Mach wenigstens die Tür zu", maulte ihr Dreyfuss hinterher und beinahe wie auf Kommando wurde die

Tür von außen geschlossen. „Geht doch", brummte er, noch immer in finsterer Stimmung, doch hatte er noch nicht zu Ende gesprochen als es auch schon erneut klopfte. „Komm halt wieder rein". Ihm war nun alles ganz furchtbar egal. Er war sogar dazu übergegangen den Tod zu duzen.

Was sollte das ganze höfliche Getue im Angesicht des eigenen Endes. Herein trat jedoch eine andere Frau, eine Hotelangestellte. „Ich wollte ihnen gestern schon die Handtücher bringen, aber...." „Geben sie schon her". Dreyfuss bemühte sich darum seine Stimme etwas freundlicher klingen zu lassen, dennoch verschwand auch das Zimmermädchen sehr schnell. Aber das konnte ihm nur recht sein. Sollten sie ihn doch alle in Ruhe lassen. „Sterben muss ein jeder für sich allein." War doch bekannt, nicht wahr? Die Handtücher rochen ein wenig nach dem Weichspüler den er in der Wäschekammer gefunden hatte, und fest waren sie auch nicht mehr. Morbido. Weiße, übertrieben weiche Handtücher schoss es ihm nun durch den Kopf. *Morbidi*. Leichentücher. Das fehlte gerade noch.

Mürrisch schleppte er sich ins Bad um sich zu übergeben. Dann wurde ihm erneut schwarz vor Augen, glücklicherweise nur kurz, so dass er sich das Gesicht waschen und seine Würde zügig wieder herstellen konnte. Dreyfuss beschloss nun, den Rest des Tages im Bett zu bleiben. Zu sehr hatten ihn die jüngsten Ereignisse ausgelaugt. Er schlief erschöpft bis zum Abend durch.

Als er beim Aufwachsen die Karte der Frau zwischen den Kissen fand wollte er sie sofort zerknüllen – nicht jedoch, ohne einen kurzen Blick darauf geworfen zu haben. Welchen Namen hatte sie?

Welchen Namen hatte der Tod? Einen menschlichen Namen etwa, so wie Anna, Monika oder Ruth? Vielleicht eher Dolorosa, Perdita oder Asraelle?

Dreyfuss griff nach seiner Lesebrille.

Katharina Oberreiter stand in Arial narrow auf der Karte.

Katharina Oberreiter, Kriegsgräberfürsorge e. V. Er fasste sich an den Kopf, zog sich das Kissen über den gesamten Oberkörper und verharre in gänzlich embryonaler Stellung so lange, bis seine Anspannung den Lachtränen gewichen war.

„Nicht schlecht", dachte er noch. „Gar nicht schlecht"- Katharina Oberreiter pflegte also alte, vergessene Gräber. „So was, so was". Und schlief durch bis zum nächsten Morgen.

Nach einem ausgedehnten, zögerlich langem Frühstück beschloss er im nächsten Dorf Rasierschaum und eine Zahnbürste und all das zu kaufen was man für eine längere Reise braucht zu der man unvermittelt und ohne Vorbereitung aufgebrochen ist.

Er hatte nämlich mit einem Mal gar nicht mehr vor, so schnell zurückzukehren.

Zu schön, zu unwiderstehlich hatte sich die wärmende Sonne des Septembers auf die Landschaft Brandenburgs gelegt, die er nun noch eingehender durchwandern und erforschen wollte.

Beinahe, auch wenn es ihm, als ehemaligem, durchaus vernünftigen Lehrer, eine Spur zu pathetisch erschien um sich dies einzugestehen, kam es ihm dennoch so vor, als sähe er sie in all ihrer Schönheit zum allerersten Mal.

Selbst der noch schmerzende Knöchel konnte ihm nichts anhaben. Als ehemaliger Lehrer wusste er, worauf es ankam.

Ein Juri Dreyfuss war aus gutem Holz geschnitzt. „In den Schmerz hineingehen", ermutigte er sich selbst. „In den Schmerz hineingehen".

Die Kiefern dufteten wunderbar.

Ein lachender Tod

Heute, wir waren wieder einmal auf dem Friedhof um
frische Tulpen aufs Grab meiner Mutter zu bringen,
kam er Leichenwagen in Einsatz. Zwei Angestellte des
am Friedhof angesiedelten Bestattungshauses liefen
heraus, laut lachend in der Abendsonne, Krawatten
um den Hals gebunden um eine seriöse Atmosphäre
vorzutäuschen. Dann, kaum saßen sie im Wagen,
verstummte das Lachen, erloschen die Gesichter,
froren ein, wurden dienstlich wie die Krawatte und
der nach Tod aussehende Wagen. So werden sie wohl
auch mich holen denke ich dann. Bald. Vorher werden
sie lachen und etwas essen, ein vorgezogenes
Feierabendbier trinken, vielleicht. Und sie werden nie

wissen, wer ich war. Das ist andererseits nichts Außergewöhnliches. Wer weiß schon, wer der andere war?

Und warum sollten sie traurig sein wenn sie mich holen? Ihr Geld verdienen sie damit. Ihre Brot und ihr Bier. Ab und zu wird auch ein Urlaub drin sein. Warum sollen sie nicht lachen. Lacht. Ich bin nicht traurig darüber. Ich stelle es nur fest. Ein Automatismus. Etwas anderes erwarten zu wollen wäre naiv. Mit einem Mal muss auch ich lachen. Ein wenig irre, wahrscheinlich.

Doch das sind Leben und Tod allemal auch.

Der Tote

Der Tod ist so sicher wie das Niederträchtige, das Gemeine in der Welt – und zugleich erlöst er uns davon. Für immer.

Im Gebüsch lag ein Toter- wohl seit einigen Tagen bereits. Da sich das Gebüsch direkt gegenüber dem Bahnhof befindet, lag er mitten unter den Lebenden, sieben große oder neun kleine Schritte entfernt von dem Ort, an dem sie ihren täglichen Kaffee-to-go einnahmen, auf ihre tragbaren Telefone starrten oder eintippten, während sie warteten. Der Tote wartete nicht mehr. Nicht einmal mehr darauf, dass er gefunden würde. Die Nasen würden ihn ohnehin erspüren und sein Versteck preisgeben. Es war

Sommer, und sehr bald würde sich sein Ableben nicht mehr ignorieren lassen. Sein Tod würde Kopfschütteln und Schaulust verursachen. Kopfschütteln deshalb, weil er mitten im Sommer, zwar während einer Regenperiode, aber dennoch im Sommer - im Juli – erfroren war. Andererseits musste man ihm das erst einmal nachmachen. Das war bei weitem kein Allerwelts-Tod, was vielleicht auch Hinweise auf die allgemeine Schaulust geben konnte. In einer Zeit, in der jeder sich für sich selbst nur das Besondere und Ausgefallene wünschte, war gerade dies ihm gelungen - während die anderen, da auf ihre Busse oder Züge wartend, stupide an ihren diversen sozialen Netz-werken feilten, um hinlänglich interessant zu wirken. Er war ihnen um Einiges voraus. Doch war da nun nichts mehr. Auch kein Stolz mehr, nichts, das ihn noch mit den anderen in irgendeine Beziehung hätte setzen können. Als man ihn abholte, sah es aus als würde ein lokaler Krimi gedreht, doch das Fehlen eines Kamerateams rief sehr bald Unbehagen und dann die besagte Schaulust auf den Plan. Man behalf sich selbst mit Handykameras, die den Leichen-Spürhund samt Leichentrage filmten, was sich hervorragend zum schnellen Hochladen auf sozialen Netz-werken eignete, um sich selbst ein klein wenig interessanter zu machen. Da es leider sehr viele Handykameras waren, (immerhin spielte sich das Ganze nur unweit des Hauptbahnhofes zur Hauptverkehrszeit ab), verlor sich automatisch der IF, der Interessantheitsfaktor, des Einzelnen. Im Ergebnis sah man ihn um weniger als die Zahl der Divisoren nach Abzug der üblichen Variablen auf ein klägliches Etwas reduziert. Viel blieb also am Ende nicht. Vielleicht deshalb verzichtete man kollektiv darauf Blumen und Kerzen oder kleine Briefe an der Unglücksstelle niederzulegen. Möglicherweise bietet es auch die Erklärung für die ein oder andere Mutprobe, die darin bestand möglichst schnell ins Gebüsch zu dem vom Toten plattgelegenen Gras zu laufen, um dann schreiend vor Angstlust dem Szenario rasch wieder zu entkommen. Dies wurde auch jeweils gefilmt, und diesmal war der IF durch den persönlichen Bezug wieder höher. Es gab sogar eine deutliche Siegerin nach Online-Abstimmung: Monika, die bauchfrei mit prallen Brüsten, gebräunten Beinen und sinnlos hochgerissenen Armen vom Fundort wegjagte wie ein schwachsinnig gewordener Wasservogel. Der Tote, längst beigesetzt, blieb still hinter Monika zurück. Ich habe eine gebundene Rose dort abgelegt und eine Kerze entzündet. Einer sah mich blöde von der Seite an, als sei ich eine Verräterin und würde ein unausgesprochenes Abkommen unterlaufen. Am nächsten Tag war die Kerze verschwunden und die Rose in den Asphalt hineingetreten, so tief, dass nur noch ein kleiner feuchter Fleck von ihrer üppigen Blüte geblieben war.

Noch immer gönnte man dem Toten nichts. Dabei, das hatte eben keiner gewusst, war die Kerze für Monika gedacht gewesen. Die braucht das, wenn Sie mich fragen, eindeutig nötiger. Die Rose war nur Beiwerk, das räume ich ein. Die Kerze hingegen nicht. Es ist wirklich schade drum. Feierlich sah es aus, irgendwie.

Ich hätte es gern gefilmt. Und hochgeladen hätte ich es auch gerne.

Mein Profil ist in letzter Zeit etwas dünn.

Der Lakai

„Die arme Sau". Sein Bedauern klang verblüffend aufrichtig, als er mit diesem Satz das zuvor vor mir aus-
gebreitete, erbärmliche, quasi nicht existente Leben
seines Lakaien auf den einfachsten Nenner brachte.
Ich wunderte mich. Niemals sonst nämlich meint mein
Bruder sonst auch nur irgendetwas aufrichtig. Und da
dachte ich mir, dass er ihn vielleicht nicht wegen all
der Dinge, die er da aufgezählt hatte, bedauerte,
sondern vor allem deshalb, weil er ihm, wie so viele
vor ihm, auf den Leim gegangen war. Ihm, dem
Meister aller armen Säue. Da steckte er nun fest, der
Lakai. Wenn es dumm lief auf Lebenszeit. Doch wenn
man wiederum zugrundelegt, dass er ja gar kein
eigenes Leben hat- welche Aussagekraft hat dann der
Begriff der Lebenszeit? Gar keine. Lebenslänglich kann
man dann auch nicht mehr sagen.

Hinlänglich vielleicht. Ich finde, es sollte hinlänglich
heißen. Man sollte das mal im Duden ergänzen,
gelegentlich. Da steckt er nun also hinlänglich fest,
glaubt ein Leben zu haben und ist nur die Amöbe des
Chefs, der auch noch über ihn spricht, als sei er sein
Hündchen oder ein anderes Tier, eine Sau- ist die
nicht weiblich? Ja, mein Bruder kann keinen anderen

Mann neben sich ertragen. Nur Säue, doch arm müssen sie sein- und tun, was er will. Und diesen Koch, den hat er auf mich gehetzt, das glaubt man nicht. Nur eine Silbe musste er rufen: „Koch!", und mit dem Finger spitz auf mich zeigen. Hätte Koch nun einen anderen Namen gehabt, vielleicht Karl-Friedrich oder Gunnar- wer weiß, ob man ihn dann einfach so hätte abrichten können. Aber so ein: „Koch!", das konnte man schnell und laut herausbrüllen oder herauswürgen: Koch. Kotz. Rotz. Bei Fuß. Fass! Brav!

Wie er den Chef verteidigt hat, mit Leib und Leben. Ich hätte ihn für einen Nazi-Film gecastet. Bedrohlich wirkte er indes nicht einmal besonders. Eher tatsächlich bedauernswert. Das Trübe seines Geistes, dieser runde, blonde Kopf mit den kleinen, folgsamen Augen und der kindlich vorgewölbten dümmlichen Stirn. Ein Klischee-Nazi, zumindest zum Teil. Doch soll man ja nicht nach dem Aussehen gehen.

Eher nach der Anzahl der Silben, wohlgemerkt. Ich wiederum verteidigte mich gegen diese eine Silbe.

Ganz am Ende meinte Koch dann noch, dass man mich abholen müsste. Wie vor 70 Jahren. Widerstand gegen den Chef nämlich war für Koch ein nicht hinnehmbares Vergehen.

Derweil schmerzte Koch das rechte Knie, der Nachbar vergiftete Ilseken, die gefleckte, weiß-schwarze Katze Kochs ausgerechnet mit Blausäure, seine Frau saß weinend zuhause, sein toter Vater wand sich im Grab (das tat er wirklich; es spukte und seufzte in der Reihe 52 A, wie der nun schon deutlich am Bart ergraute Friedhofsgärtner Kneissler unverzüglich und nicht ohne ein gewisses Entsetzen mit schlotternden, abenteuerlich weiten Hosenbeinen eifrig zu berichten wusste), und die übrig gebliebenen Geschwister Kochs, (ein unglücklicher, kahlköpfiger Bruder und eine zutiefst bedauernswerte ältere Schwester), ergingen sich einigermaßen larmoyant und gemeinsam über zahlreiche, über zähe, ganz vergebliche Stunden hinweg in dunklen, schwermütigen Erinnerungen an die so helle, doch nun längst verschollene Kindheit, in welcher Koch noch nicht Koch gewesen war sondern auf einen weitaus freundlicheren Namen mit mehr Silben und Vokalen gehört hatte.

Weltliteratur

Ich habe sie alle getroffen, ob ich es wollte oder nicht. Die entsetzliche Frau mit dem Zwiebelpflänzchen von Dostojewski, ebenso wie den leibhaftigen Baron von Münchhausen, welcher wohl der launingen Feder des gleichnamigen Hieronymus Carl Friedrich Freiherr von Münchhausen entstiegen sein soll, sowie, als wäre all dies nicht schon schlimm genug, zudem den schier unerträglichen, ekelerregenden Kriecher Uriah Heep, den Charles Dickens einst in seinem genialen „David Copperfield" so beschrieb als sei er ihm tatsächlich selbst begegnet. Ich befürchte, dass dies meine Strafe ist. Meine Strafe, die darin zu bestehen scheint, dass ich glaubte abgeschlossen in meinem Lesezimmer mit Gruseln und mit Abscheu von diesen gefallenen Gestalten zu lesen, ohne dass sie mir jedoch auch nur das Geringste würden anhaben können. Vermessen. Selbst Tollkiens Kreatur Gollum trat letzthin in mein

Leben. Sogar in meinem Haus lebte er, vegetierte er, wie im Übrigen sie alle. Doch bei ihm kam noch die Ähnlichkeit der Beschreibung Tolkiens hinzu.

Ich sah ihn dünner und dünner werden, fast zum Skelett abgemagert, glommen umso heftiger Gier und Hass aus seinen so bösen Giftaugen. Selbst einen mittelschweren, verwesten Fischgeruch nehme ich wahr wenn ich in seine Nähe komme, was ich, Gott ist mein Zeuge, stets zu vermeiden suche. Vorbei ist es seither mit meinem Lesezimmer, zu wenig Rückgrat hatte ich wohl bewiesen im Kampf gegen all jene, die nun mein Haus bevölkerten. Zu meiner Verteidigung sei gesagt, dass es schwer ist Rückgrat zu zeigen, wenn man mit einem Buch der Weltliteratur aufs Beste versorgt, warmen Pantoffeln obendrein, vielleicht gar noch mit einem Tee und Keksen im Warmen sitzt und sich nicht um die kümmert, die von Tag zu Tag mehr leiden unter der legendären Boshaftigkeit jener unleidigen Frau mit dem Zwiebel-pflänzchen, unter der scharfen Berechnung und widerwärtigen Skrupellosigkeit eines Uriah Heep, unter der bewussten Irreführung eines dreisten Barons von Münchhausen und unter der Gier eines Gollum, für den, bereits seit seinem allerersten Mord, Menschenleben nichts mehr zählen. Nun bin ich mitten unter sie geraten. Ich möchte die längst verstorbenen Autoren gerne fragen, ob auch sie sie gesehen haben, treffen mussten, unter ihnen litten – oder doch zumindest Zeugen davon wurden wie andere unter ihnen zugrunde gingen. Ja, deutlicher, als ich es beim Lesen je vermocht hätte erkenne ich die unermessliche Verworfenheit des Menschen, begreife, dass er zu viel mehr fähig ist als ich es mir, mit leichtem Gruseln bei der Lektüre meiner Bücher, je zu träumen gewagt hätte. Nun ist das die Strafe.

Um Gnade flehe ich nicht.

Vielmehr finde ich, dass ich es verdient habe. Zudem hat es jeder andere außer mir ebenfalls verdient. Jeder, der wegsieht, und der es diesen Fratzen, diesen Grauengestalten der Weltliteratur, frei heraus ermöglicht in die wahre Welt zu treten ohne dort auch nur auf den allergeringsten Widerstand zu stoßen. Versöhnlich sind meine Worte nicht. Ein weiterer ganz Großer der Weltliteratur, ein Russe, hat es bereits lange vor mir erfahren. Ihn bräuchte ich gar nicht mehr das zu fragen, was ich von Dickens und seinen Kollegen so gerne erfahren hätte- denn allzu deutlich spricht es allein aus seinen bitteren Worten: „Feigheit ist die größte Sünde!" Sie sind deshalb bitter weil er sie nicht nur einfach so geschrieben hat.

Niemals kann man dergleichen einfach so schreiben.

Die Feder am Fenster

Tot lag die kleine Blaumeise auf dem Rücken, die kleinen Krallen ragten gen Himmel. Das knackende, dumpfe Geräusch an der Fensterscheibe hatte ich noch gehört und dabei gebetet, dass es nicht das war, wonach es sich anhörte. Doch halfen derlei Gebete nicht gegen allzu sauber geputztes Glas.

An einem der letzten Novembertage, die noch nicht ganz das Tröstende des Dezembers erreicht hatten, hatte sich dieses schnelle Sterben vor meinem Fenster ereignet.

Ich vergrub sie vorsichtig im noch nicht gefrorenen Boden. Ein milder November war es, und doch eben auch wieder nicht. Schon frühzeitig hatten sich die Krähe, die Elster und das Eichhörnchen um die Nüsse gebalgt, die ich in den Vorgarten geworfen hatte. Vor der Zeit schon waren alle Meisenknödel abgefressen, die mir doch bis in den späten Januar hinein hätten ausreichen sollen. Vergebens. Vergebens auch, dass ich sie gefüttert hatte, die kleine Blaumeise, um die es so unendlich schade war.

Ich beschloss sofort Weihnachtsdekoration zu kaufen die man an die Fenster pappen konnte, auf dass die Vögel gewarnt wären. Wenn es mein eigenes Zuhause gewesen wäre, hätte ich mir bereits früher etwas ausgedacht, doch war ich nur Gast hier und durfte, dem entsprechend nichts verändern.

So will es das Schicksal der ewigen Gäste. Im Laden wurde ich schnell fündig und trug gleich zwei Rollen Fensterbilder mit mir ins Haus. Die recht leicht zu entfernenden Heerscharen von silbernen, großen Schneeflocken aus Plastik, gepaart mit mehreren grünen Bäumen, einem Rentier, einer Kerze in rotgold und einem Nikolaus waren zwar nicht unbedingt stilvoll, doch würden sie Leben retten. Wenn ich wieder von hier fort muss, vielleicht im Frühjahr, dann nehme ich sie einfach mit, meine Aufkleber, und wer weiß, vielleicht nehme ich sie alle mit. Alle Vögel aus diesem Garten. Ich stelle es mir gerade vor, während sich ein unerschrockenes Eichhörnchen, Krähe und Elster noch immer um die Nüsse zanken.

Das Eichhörchen ist ungewöhnlich dreist. Und entschlossen. Unverhohlen bewundere ich seinen Mut. Es greift sich eine große Nuss und saust zwischen den Beinchen von Elster und Krähe hindurch. Viele Nüsse habe ich tatsächlich nicht mehr übrig. Ob wir alle über den Winter kommen werden? Ich kann es nicht sagen.

Am Fenster entdecke ich noch eine kleine, vereinzelte und zitternd winzige Feder.

Schätzele

Schätzele verdiente ihren Namen nicht, wenngleich sie ihn zeitlebens trug wie eine ironische Gegenbeschreibung des Menschen, der sie war. Sie war die, welche ihre Großmutter wie keine Zweite zum Weinen brachte und die, wie einst in der deutschen Musik der 1980-er Jahre besungen, der Mutter nur dann einen Kuss gab, wenn sie Masern oder eine ähnlich fiese, nachweislich ansteckende Krankheit vorzuweisen hatte. Sie log leidenschaftlich, stahl, legte gelegentlich Feuer, und beim Kämpfen kratzte sie dich so tief, dass man seine Tetanus-Spritze beim Kinderarzt unverzüglich auffrischen lassen musste. Im Lauf der kommenden Jahre verbesserte sich Schätzeles abscheuliches Wesen nicht in eine möglicherweise ruhigere, oder beschaulichere Richtung. Man konnte viel eher konstatieren, dass ihre Boshaftigkeit mit ihr wuchs wie der Bechterewsche Buckel einer ganz gewöhnlichen Blocksberghexe. So sah sie auch zumeist zu Boden, was gut passte, da das Niedere durchaus seine Entsprechung in ihr fand. Schätzele hasste ihre Eltern und schließlich, als nur noch der demente, schwach gewordene Vater übrig geblieben war und demnach im Rollstuhl saß, von wo aus er nach seiner Mutter rief, bereitete es ihr eine unerklärliche Freude ihn mitsamt seinem Rollstuhl exakt so am Rande des Vorgartens zu platzieren, dass jeder Passant sehen konnte was aus dem einst so respektierten, politisch engagierten Mann geworden war. Als Kind hatte ich Schätzele gefürchtet, doch wandelte es sich in Mitleid, als ich bemerkte, dass sie der Hölle ihres eigenen Selbst noch immer nicht entkommen war. Mehr noch, ich wagte die Prognose, dass es ihr niemals gelingen würde, so dass sie zeitlebens eine Unerlöste bleiben würde. Als ich sie, Jahre später, und mittlerweile ergraut, wieder einmal an meinem Haus vorbeilaufen, eher noch schlurfen sah, blickte sie noch immer zu

Boden. Das war, ich will ehrlich sein, kurz bevor ich von ihrer Diagnose erfuhr, die mir durch Klatsch zugetragen wurden war, hatte ich ihr etwas Böses an den Hals gewünscht. Nun fragte ich mich, ob derlei Dinge überhaupt einen solchen Effekt haben konnten. Wie so oft denkt man - wohl zu spät- über derlei verblüffende Zusammenhänge nach. Präsenile Demenz. Niederschmetternd, doch nicht gerade für mich. Für Schätzele wohl auch nicht. Immerhin vergaß sie im Lauf der nächsten Monate, dass sie einst boshaft gewesen war, und bald schon sah man sie den Nacken gen Himmel recken wo auch immer man auf sie traf. „Ich will zu meinem Papa", vertraute sie dem Nachbarn noch zu Beginn derselben Woche an, in der ihr doch etwas früher Tod beklagt wurde. Beklagt wurde sie nun wirklich. Nicht lange jedoch denn das Vergessen fiel auch über uns anderen her. Nur noch Fragmente konnte ich retten.

Rückräder

Die noch nicht sehr alte Mutter, zeitlebens von einer Art unbeirrbaren Gutmenschentums geblendet, eine radikale Optimistin, die an nichts mehr glaubte als an die Loyalität von Familien, und die aus diesem Grunde ihre gesamte Lebenskraft somit für den unbedingten Erhalt und die Unterstützung eben dieser gegeben hatte, war kurz nach Weihnachten gestorben – doch nicht, ohne zuvor eben diese Krankheit des radikalen Optimismus – an welcher sie letztlich entkräftet gestorben war- an ihre Tochter weiterzugeben.

Freilich hatte dieser Prozess bereits weitaus früher eingesetzt, etwa als das Mädchen in seinem zehnten Jahr war. Zu diesem Zeitpunkt lernte es zum ersten Mal, dass man sich für die Familie, und eben für alles andere auch, hinten anzustellen habe. Seit dieser Zeit merkwürdig in den Hintergrund geraten, war sie mehr und mehr verschwunden. Man hatte sie schließlich, nach dem Tod der Mutter, überhaupt nicht mehr gesehen, die Anstellerin. Vermutlich müsste man weit zurückgehen, an das Ende irgendwo. Dolce come il miele. Doch wer wird danach sehen? Nach ihr? Die Anderen können es nicht mehr. Im Gegenteil. Fänden sie sie, so würden sie sie töten. Dolce come il miele. Nachdem sie nunmehr im Weg stand, dem Sohn der Verstorbenen und dessen Frau im Besonderen.

Die Anderen, sie können die Hölle sein. Deren Wille nämlich war gänzlich gebrochen. Es hatte sich für die Anstellerin nicht mehr gelohnt weiter zu kämpfen. Für keinen von ihnen. Wie stumme, traurige Klone trotteten sie nun also hinter jenen her, die sich ihre *Eltern* nannten; dem Sohn der Verstorbenen nebst Gattin. A mean wife und ein böses Häuflein Mensch. Was der Teufel zusammengefügt hat, soll der Mensch

nicht trennen. Ebenso erging es den trüben Ange-
stellten eben dieser Menschen, der *Eltern.* Ebenfalls
entmündigt und zu Komplizen, zu Kumpanen in einem
kriminellen Spiel aus Lügen und Verbrechen gemacht,
bildeten sie nun, gemeinsam mit den starren, kleinen,
blassen Klonen einen erbärmlichen, finalen Trauerzug,
dessen kläglicher Charakter auch nicht mit dem
großzügigen Ausschank von Bier und überlautem
Lachen wieder wettgemacht werden konnte.

Ich bin die Anstellerin. Es hat alles keinen Sinn, dachte
ich mir beim Anblick dieses so fleischgewordenen
Scheiterns all dessen, woran ich geglaubt hatte. Es hat
alles keinen Sinn. Geisterfahrer, die an den Samstagen
hingebungsvoll die Räder ihrer Autos wechseln, der
Junge trägt einen roten Flaum als Bart.

Wenn ich schlafe, träume ich nun davon wie alle
zerstört wurden.

Wie verkrüppelte Menschen und Mitläufer aus
Familienmitgliedern und Entourage gemacht wurden.

Mein Schlaf ist derzeit so tief, dass ich mir nie sicher
sein kann ob ich jemals wieder erwache.

Vom Standpunkt des *Dao* aus gesehen spielt es keine
Rolle ob man träumt oder das erlebt, was man eben
für das Leben hält. Das jetzige Leben ist so absurd, so

unfassbar, dass ich mir wünsche ich könnte einfach daraus erwachen.

Heute war alles so weit weg. Ich erwachte aus tiefster Nacht durch den zornigen Schrei eines Säuglings - draußen vor dem Fenster- und mir war, als wäre das gar meinem eigenen, heftigen Lebens-Erwachen, meinem Geworfen-Sein in diese Welt die best- mögliche, mir höhnisch, hart und boshaft zur Seite gestellte, Metapher. Der Schrei von Säuglingen geht mir immer durch Mark und Bein. Es ist so als wüssten sie, was passieren wird. Als würden sie sich empört und gekränkt gegen ihre erneute Reinkarnation sträuben, in der die Alpträume deutlich überwiegen.

Ja, wir neigen gelegentlich dazu sie ruhig zu stellen, unsere Säuglinge.

Mit allzu süßlicher Musik und viel zu weichen, blass- bläulichen Decken, mit überfetter gelber Muttermilch und verstohlenen Küssen auf ihre Köpfchen.

Doch lassen sie sich davon beirren? Lassen sie sich einwickeln von Decken und Beschwichtigungen? Nicht immer, würde ich sagen, wenn ich an den Schrei des lauten Säuglings denke, der mich aus dem Nichts des traumlosen Schlafes riss.

Einfach so und doch nicht ohne Grund.

Heinz Holzapfel

Heinz Holzapfel schleckte Laternen ab. Er tat das weil er fand, dass die Welt in unfassbar schmutziger Ort geworden war, weshalb man ihn in eine Klinik gebracht hatte. Dies war zwar nicht mit Blaulicht und großem Aufheben geschehen, kein großes Kino wie sich das Holzapfel durchaus gewünscht hätte, aber immerhin, er musste nicht zu Fuß gehen.

Wie jeder wahre Prophet, so fand er, müsse ein solcher entweder auf einem Esel, einem Pferd, einem Kamel oder einem geräumigen Wagen der gehobenen Klasse transportiert werden. Insofern war er zufrieden mit seinem Tagwerk, dem Reinigen der Laternen.

Er nahm sich vor (denn auch Propheten benötigen eine Agenda) in Zukunft jeden verdächtig zu finden, der das nicht tat, der nicht dafür sorgte aus der Welt wieder einen besseren, einen weniger verschmutzten Ort zu machen. Ich habe ihn nicht wiedergesehen.

Doch ist mir zu Ohren gekommen, dass er an seinem Plan- in Theorie und Praxis, über Jahre eisern festhielt. Allein das schon, wie ich finde, lässt zumindest die Überlegung, die Erwägung zu, ob es sich bei ihm am Ende nicht vielleicht nicht doch um einen wahren, einen verkannten Propheten gehandelt haben könnte.

Der Fluch des Soldaten 1

Zu keiner Zeit sollt Ihr Frieden finden!

Hass soll zwischen Bruder und Schwester sein,

Zwischen Vater und Sohn,

Zwischen Enkel und Großvater.

Und nichts soll es dann mehr geben,

Was noch Heim sein könnte.

Der Fluch des Soldaten 2

Mein Großvater war, ich kann es nicht beschönigen, daran beteiligt, dass während des Zweiten Weltkriegs ein junger Mann, dem es zuvor noch gelungen war um seine Zeit als Soldat herumzukommen, dann schließlich doch eingezogen wurde und, wie ich vermute, sein Leben verlor. Ich kann mir anders den Fluch nicht erklären, der sich auf meine Familie gelegt hat, so als hätte er uns alle über Generationen hinweg verfolgt niemals mehr unseren Frieden zu finden. Täglich nun wende ich mich an ihn mit der Bitte, ihn von uns zu nehmen. Ob er mein Bitten erhören wird- ich kann es nicht wissen. Doch weiß ich wie es ist weder Frieden noch ein Zuhause zu haben. Zudem gibt es noch jemanden, dessen Fluch wir auf uns gezogen haben könnten. Eine Dohle, der mein Großvater den Hals umdrehte, sie mordete, weil sie sich neugierig auf dem Kinderwagen seines Sohnes niedergelassen hatte. Ich weiß nun wie es ist verraten zu werden, ich weiß wie es sich anfühlt, wenn Lügen verbreitet werden, gegen die man nichts tun kann, wie sich einstige Freunde aus Feigheit und aus Bequemlichkeit abwenden, und ich sehe in ihren Gesichtern wie auch in den Gesichtern der Täter so überdeutlich, dass auch dort kein Friede mit ihnen ist noch sein wird. Ich bitte ihn und ich bitte sogar sein Pferd. Ob ein Pferd mit ihm war kann ich nicht sagen. Wenn ich an ihn denke, dann denke ich mir immer dieses dunkle Pferd hinzu. Dunkel wie die Dohle. Vielleicht weil ich mir wünsche, dass er dort, an der Front nicht von allen Seelen verlassen war. Doch wird dieses Pferd, sollte es sein Gefährte in Leben und Tod gewesen sein, ihn auch am Ende von meinem Anliegen überzeugen können?

Sie sind doch so viel sanfter als wir Menschen. Auf dieses Pferd setze ich, möge es existiert haben. Ich hoffe es so sehr. So ein Fluch nämlich, ach, was soll ich sagen. Er zerstört auf ewig weiter.

Das Geschenk

Schenke mit Geist ohne List.
Sei eingedenk,
Dass Dein Geschenk
Du selber bist. (Joachim Ringelnatz)

Als der alte Mann am Christabend von der reichen Familie, seiner Familie, zumindest auf dem Papier, ein Geschenk bekam, welches sich eben noch in der Speisekammer zwischen Salatgürkchen und Nudel-packungen ausgeruht hatte, eingelullt vom schweren Geruch des Knoblauchs der sich in wenig mit dem halboffenen Essig vermischt hatte, waren Geschenk und Beschenkter gleichermaßen überrascht. Nichts weniger als ein kleines Päckchen getrockneter Linsen waren ihm unverpackt und beiläufig in die Hand gedrückt worden. Linsen, die sich bereits in Nachtruhe wähnten, wusste nicht wie ihnen die unerwartete Ehre zuteil geworden war ausgerechnet zum einzigen Weihnachtsgeschenk des allerfeinsten Menschen zu avancieren, der jemals in diesem Haus gelebt hatte, Die anderen Bewohner waren, um es vorsichtig aus-zudrücken eine hinterhältige Bagage; gierig, leer und zynisch zugleich, so dass klar war, dass dieses so kläglich wirkende Geschenk den alten Mann über die Maßen demütigen sollte. Was sie aber nicht wusste, die schäbige Gesellschaft, war, dass in jeder dieser Linsen eine Erinnerung auf den Alten wartete.

Er musste nur jeweils eine vorsichtig in die gewärmten Handflächen nehmen, und nacheinander erstanden lebhaft all die vergangenen 85 Weihnachtsfeste vor seinem inneren Auge.

Das glückliche Leuchten auf seinem mit einem Mal so seltsam jungen Gesicht überstrahlte um ein weites den protzigen Weihnachtsbaum.

Niemand beachtete ihn in all der Aufregung um die größten, die teuersten Geschenke, die Must-Haves, ohne die man unmöglich erhobenen Hauptes in das kommende Jahr starten konnte. Er wiederum saß unbemerkt im Auge dieses heftigen Weihnachts- sturms, so dass er ganz ungestört der wieder erstandenen früheren Schönheit all seiner Weinachts- erinnerungen nachgehen konnte. Wie schnell und wie zauberhaft war diese Nacht vergangen. Schneller und wunderbarer als ein ganzes Leben, und dennoch war nichts verloren gegangen. Mit all den Linsen, nicht eine fehlte, war er am Ende unbemerkt ins Freie getreten, bevor er sich zu Bett gelegt hatte. Doch nicht alle Linsen waren wieder in ihre alte Verpackung zurückgekehrt. Eine nämlich hielt er die ganze Nacht sanft in seiner verschlossenen Hand. Er hat, was mich nicht wundert, niemandem jemals verraten welches Fest sie in sich trug, doch muss es, da bin ich mir sicher, sein Schönstes gewesen sein.

Hunger

Mager war sie geworden. Zum Verhungern mager. Zu lange hatten wir sie nicht mehr gesehen, und jetzt, da wir sie an Weihnachten trafen, erschraken wir.

Ohne uns untereinander abzusprechen, denn der Worte bedurfte es nicht mehr, sammelten wir all die Marzipanstücke, all die Nuss- oder Nougat-Kugeln zusammen, all die Kekse und Plätzchen, welche noch übriggeblieben waren, nun, am Ende des Dezembers, am Ende des Jahres, und schenkten es ihr unter verschiedenen Vorwänden, so dass sie nicht merken sollte, dass es ihr Leben war um das wir fürchteten. Sie, die alte Mutter, von Anbeginn für uns alle da, sollte noch nicht von uns gehen. Die eingefallenen, bleichen und stumpfen Wangen, fast gelblich, über denen die Augen sich in unnatürlicher Größe glühend zu verzehren schienen, die Ärmchen wie dünne Äste, sie selbst ein trockener, schwacher Ast, im Begriff zu brechen. Unser Anker war zwar nun nicht mehr sehr viel mehr als ein trauriges Hölzchen welches der Wind launisch auf der Wasseroberfläche herumstoßen und vor sich hertreiben konnte wie es ihm beliebte, doch keiner von uns wagte das auszusprechen.

Wie jede Frau ihrer Generation war der fatale Kampf mit der Waage, gegen die Waage wohl ihre Hauptbeschäftigung gewesen, nun, im Alter verhungerte sie einfach vor unserer aller Augen, wobei es ausgerechnet das Weihnachtsfest war an welchem uns dies über die Maßen ins Auge sprang. Sie vergaß das Kochen nun häufig, auch das Einkaufen war ihr eine Last. Die Freude und die Lust an beidem waren ihr, ganz unspektakulär, einfach abhandengekommen.

Uns blieb also gar nichts anderes übrig als all die bunt eingepackten Garanten für massive Kalorienzufuhr bei ihr zu belassen in der großen Hoffnung, dass diese sie sicher über den Winter bringen mochten, bis der alles Starre aufbrechende Frühling ihr schließlich wieder genügend Lebensfreude einzuhauchen imstande sein würde, dass sie sich selbst würde – durch ihn- würde überzeugen können, dass das Leben zu schön wäre um es durch die rigide Weigerung jedwede Nahrung in sich aufzunehmen zu einem allzu schnellen Ende zu führen. Noch wissen wir alle nicht, wie es ausgehen wird. Einen geliebten Menschen mitten im scheinbaren Überfluss eben einmal so verhungern zu sehen ist nun einmal nicht einfach.

Jedoch würde uns dies wohl ohnehin erspart bleiben, das Zusehen, meine ich. Da wir alle nun zerstreut sind, in anderen, weit entfernten Städten wohnen, wird wohl erst das nächste Weihnachtsfest enthüllen was das diesjährige noch nicht zu sagen vermag.

Die Waage der Toten

Beim Putzen im Haushalt der Verstorbenen streift im Bad mein Schrubber die Waage, die etwas verschämt zur Hälfte unter den Heizkörper geschoben worden war. Ich schiebe sie zur Seite ohne den Blick jedoch von ihr lassen zu können. Und das, trotz ihrer grau-weißen, empörenden Unscheinbarkeit, ihrer nun umso deutlicher erscheinenden Bedeutungslosigkeit.

Diese Waage hat sie, die Verstorbene, ganze 78 Jahre lang in Atem gehalten, hat ihr diktiert was zu essen sei und was nicht, hat ihr unbarmherzig die Zeit auf Erden madig gemacht, denn sie war es, die hier das Sagen hatte was das Leben der Verstorbenen betraf, die das Ihre ja nun hinter sich gebracht hatte, fernab all jener unvergleichlich kulinarischen Genüsse, welche ihr das schwere Leben wohl hätten ein wenig erträglicher machen können. Nun war es vorbei, das Leben.

Gläserne, verführerisch schimmernde Tiegelchen mit allerlei ausgefeilten Schönheitsprodukten und teuren französischen Parfums, bevölkerten noch immer in ihrer so einnehmenden, fast penetranten Art das mehrtürige, Badschränkchen.

In ihrem nun verwaisten, übergroßen und dabei doch immerhin beruhigend rustikalem Kleiderschrank /nur zum Teil verspiegelt) hingen ihre früheren Kleider, brav der Farbe nach geordnet in Kindergröße, das Gefühl des Hungers hatte sie, in ihr nagend, ein Leben lang begleitet.

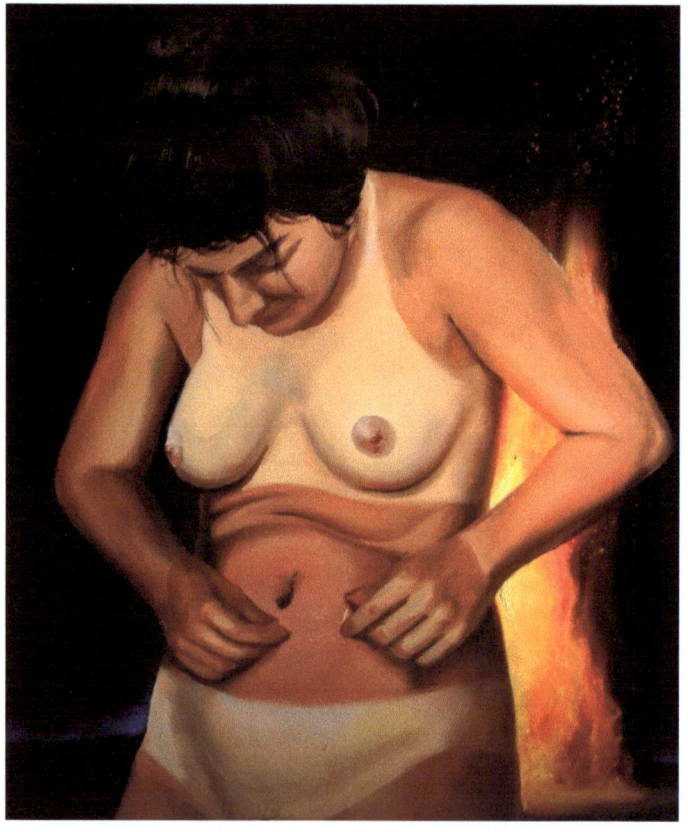

Als Reinigungspersonal steht es mir nicht zu diese Waage zu zertrümmern. Stattdessen putze ich sie blank und schiebe sie dann in ihrer vermeintlichen Makellosigkeit tief unter den Schrank.

Das Lachen der Verstorben, die, nebenbei bemerkt, in jeder Gewichtsklasse eine ausgemachte Schönheit gewesen wäre, kam mir dabei in den Sinn. Die zuweilen leuchtenden, jungen grünen Augen in dem ansonsten eingefallenen, bleichen, von frühen Falten steil durchfurchten Gesicht. Ich dachte an diese unnötigen Kämpfe im Leben. Vielen der lästigen Kämpfe, das wusste ich, konnte man nicht ausweichen. Jenem hingegen durchaus. Das ist, in aller mir von Natur aus innewohnenenden unbescheidenen Bescheidenheit, nun einmal meine Meinung.

So fuhr ich fort zu putzen, es mag sein, dass sich die Dämpfe all der Putzmittel in unguter Weise mischten, so dass das, was ich mit einem Mal wahrnahm einer kurzfristigen Vergiftung angelastet werden könnte. Ich sah sie. Sie erschien mir. Hier, in dem Raum, in dem sie den größten Teil ihres Lebens verbracht haben mochte, vor dem Spiegel um sich selbst aufzuputzen, ebenso wie auf den mageren Knien um den Boden zu schrubben. Nun hatte sie indes keinen Körper mehr. Trotzdem sah ich sie, nahm sie wahr. Kaum mehr als ein Streiflein Nebel, und doch fühlte ich, wie von eben diesem Streiflein eine unfassbare Energie ausging. Kurz darauf explodierte die Waage und die Spiegel barsten und zerbrachen mit klirrender Wut, all die Schönheitstiegelchen verschütteten sich mit einem Mal wie von selbst auf dem Boden. Ich fand mich am Boden kauernd wieder. Bis auf einen Kratzer am linken Handrücken hatte ich mir keine Verletzungen zugezogen. Mit dem Putzen würde ich noch einmal von vorne beginnen müssen. Doch machte es mir nichts aus. Mir war es nämlich mit einem Mal so, als hätte hier soeben jemand auf ewig seine Ruhe gefunden.

Hoffnung

Die dunklen, ausdrucksvollen Augen, die der junge Mann, der sich mir unvermittelt anvertraut hatte, während unseres gesamten Gesprächs unablässig auf mich gerichtet hielt leuchteten - entgegen dem was er mir gerade berichtete - und was, in meinen Ohren ganz und gar nicht gut klang. Im Gegenteil. Das Gefühl eines schrecklichen Unbehagens hatte sich schon zu Beginn seiner Erzählung auf mich gelegt und wich nicht mehr. Es verstärkte sich im Gegenteil. Er, aus Rumänien stammend und gar mit dem Namen eines Erzengels beschenkt, hatte außer ein paar vagen Erinnerungen an Kindheit und Jugend und dem reinen Klang seines Namens nichts, wofür es sich, in seinen Augen, zu leben lohnte. Seine Existenz, wie er das eigene Dasein benannte, verlief zwischen Psychiatrie und der engen Wohnung, ein Gefängnis war er sich selbst.

Die unerträglich gewordene Angst davor von anderen bewertet zu werden sprach so deutlich aus ihm, dass ich nicht umhin konnte mich zunehmend traurig zu fühlen.

Seine Schultern waren, wie zum Schutz beide ein wenig hochgezogen, seinen Kopf hielt er stets leicht gesenkt. Nur jetzt, während wir sprachen, schien er all dies zumindest für den Moment vergessen zu haben. Er hing an meinen Augen und Worten mit denen ich versuchte ihm Mut zu machen. Einmal warf er ein, wie schön er meine Augen fände. „Was sind meine Augen gegen die seinen?", dachte ich dann, wagte es jedoch nicht laut auszusprechen. Er fragte um Rat, ich war mir nicht sicher ob ich ihm einen solchen geben konnte, wollte aber nichts unversucht lassen. Unter keinen Umständen.

Dabei bemühte ich mich um eine professionelle Hilfestellung; durch die halb private Art der Unterhaltung indes konnte ich mir einen Satz nicht mehr verkneifen der von außen betrachtet häufig wie ein Gemeinplatz anmutet. Für mich ist er das keineswegs, so dass ich mich also an irgendeiner Stelle, während des Gesprächs auch dazu hinreißen ließ ihn darauf einschwören zu wollen die Hoffnung niemals, wirklich niemals zu verlieren. Was in diesem Moment geschah verdunkelte meine Seele nun vollends. Denn kaum hatte ich das Wort Hoffnung ausgesprochen, wurden seine braunen Augen fast schwarz und füllten sich mit so unendlicher Traurigkeit, dass es mir die Kehle zuschnürte. „Ich habe Angst", flüsterte er nun beinahe tonlos. "Wovor?", fragte ich ihn und wusste doch, was er mir gleich antworten würde. "Vor der Hoffnung". Ich sagte nichts mehr. Lange noch sahen wir uns an und schwiegen.

Leere

Den ganzen Tag über hat er sein Auto geputzt, so wie einst der Opa von nebenan, der jetzt drei Meter unter der Erde ruht.

Er war der Einzige, über den ich damals nicht gelästert habe, ansonsten war Autowaschen den Männern mittleren und höherem Alters für mich und meine Freunde der Inbegriff jedweder Spießigkeit. Nach und nach wurden sie weniger wanderten vermutlich in Waschanlagen aus, starben oder stiegen einfach auf den Bus um.

Mit welcher Hingabe sie damals ihre Autos, die nun längst verschrottet waren, gepflegt und geputzt hatten, während sich ihre Frauen, ich kann das nur vermuten, hinter verschlossener Tür zu schaffen machten, um dort Hand anzulegen wo es galt Staub oder schmuddeligen Stellen zu Leibe zu rücken.

Sich selbst, davon ging ich bereits damals aus, rückten sie schon seit langem nicht mehr zu Leibe.

Das pedantische Autowaschen war für mich das ultimative *„Quod erat demonstrandum"*. Und nun hatte es meinen Neffen erwischt. Die Samstage lag er nun platt unter dem Auto, statt unter oder über einem Menschen in den er in seinem Welpen- Alter, doch geradezu exzessiv seine Liebe, seine ganze Heißblütigkeit zeigen sollte. Ich weiß nicht, vielleicht ist er ja einfach nur mit dem heißgewachsten grauen Auto ohne Makel und just unterhalb seines Schlafzimmers zufrieden. Verstohlen sieht er immer wieder hinunter, eine Zigarette umklammernd, die Zigarette danach, denke ich mir noch, und die kalte Leere eines über Nacht nicht geleerten Aschenbechers breitet sich ohne Rücksichtnahme in mir aus. Er dehnte indes die Zeit, unendlich langsam wischte er mit dem Lappen über das Auto. Ich machte mir derweil einen Kaffee, goss alle Blumen in und vor dem Haus, führte mehrere Telefonate und enteiste den Kühlschrank. Als ich wieder zum Fenster hinausblickte wischte er noch immer mit dem Lappen über das Auto.

Es kam mir so vor als sei er kein einziges Stück weitergekommen.

So zog sich diese fast schmerzliche Prozedur bis zum Abend hin. An jedem der Samstage. Nichts änderte sich an diesem Ablauf bis zu dem einzigen Samstag, den das Schaltjahr anzubieten hatte.

Als er schließlich, an jenem einen Samstag abschließend, seine Zigarette rauchte, holte sich die Zeit selbst wieder ein. Ich sah sie glühen, am Ende heftiger, und mit einem Mal sah ich Hunderte dieser Tage in einem Bruchteil eines flüchtigen Zigarettenzuges. Ich sah ihn alt werden, sah wechselnde Automodelle, mal schwarz, mal grau, mal tiefliegend, dann wieder mit hohen Reifen. Ich sah ihn mit einem Lappen über jedes einzeln wischen, sah ihn vergehen und am Ende verschwinden im Rauch des letzten Zuges der guten, der bitteren Zigarette danach.

Bob Dylan

Die Zeiten ändern uns und wir ändern uns in ihnen. Nun hatten sich die Zeiten geändert, und wie! Eine Art Science Fiction war zum Alltag geworden und nichts wies darauf hin, dass sich das wieder ändern konnte. Es gab auch keinen Raum in den man hätte ernsthaft entkommen können da sich das neue Leben, das Neue den gesamten Erdball befallen hatte. Und dann, ganz unvermittelt erklang er aus einem Radio, einem Relikt aus alter Zeit.

Bob Dylan sang, oder er tat das, was Singen in einer Weise nahe kommt und lullte mich damit so perfekt ein, dass ich glaubte, dass der Wandel der Zeit nicht ganz notwendigerweise etwas Schlimmes darstellen müsste. Wo Bob Dylan doch bei mir war...

48 Kilo

48 Kilo stand auf dem Kreuz zu lesen. 48 Kilo. Nur mit Mühe konnte ich den Namen darunter entziffern; er schien weniger wichtig zu sein als das Gewicht. Nur das Datum der Geburt, kombiniert mit dem Datum des Todes und die Körpergröße praemortem waren ausreichend gut zu lesen.

Perfekt vermessen hatte man sie. Ihr Name, so klein, blätterte indes schon ab. Wen würde es kümmern? Zu sehr war man schon zu Lebzeiten darauf erpicht gewesen sie zu vermessen, als dass es jetzt vermessen gewirkt hätte, dass sich ihr Name in irgendetwas verwandelte, sich ablöste, verrottete, während ihre Eckwerte täglich deutlicher und härter hervorzutreten schienen. 48 Kilo. Gewiss, für eine Frau ihrer Größe beinahe ein wenig viel. Gerne wäre sie zeitlebens unter die 40 kg-Grenze gefallen. Alles über 40 war bei Frauen unerträglich, weswegen sie auch von steter Furcht diesbezüglich begleitet wurden.

An die vielen Katzen ihres Vaters hatte sie fast immer denken müssen.

Kleine, niedliche Kätzchen jeder Couleur, die sobald sie ausgewachsen waren, mit der Begründung, nun nicht mehr niedlich zu sein, von ihm ersäuft worden waren. Lang hatte man sie nicht betrauert, waren sie doch bereits am gleichen Tag durch neue, junge Kätzchen ersetzt worden. Nach den anderen Katzen und deren Verbleib zu fragen stand nicht zur Debatte.

Sie hatte sich lange, beinahe ihr gesamtes Leben lang, ebenso wie eine der großen, der ausgewachsenen Katzen gefühlt, immer kurz vor dem Ersäuft-Werden, immer in Lebensgefahr und mit dem Ahnen darum, bald durch ein kleines, niedliches Kätzchen ersetzt zu werden. Vielleicht verunmöglichte ihr es eben dieser Kummer unter die 40-er Marke zu rutschen.

Wer weiß, vielleicht wäre sie insgeheim erleichtert zu wissen, dass dieses Versagen nun keinem Namen mehr zugeordnet werden konnte.

Oder aber all, wer weiß, dies spielt, dort wo sie jetzt ist, postmortem ohnehin keine Rolle mehr.

174

Von Nasen und Vasen

Zuweilen kann es in Hotels geradezu unheimlich einsam werden. Manchmal, wenn ich da allein am Tisch sitze, warte ich auf dieses Kind mit den Schlupflidern. Ich warte darauf, dass es auf-taucht, mich anspricht und mir mitteilt, dass ich längst tot bin. Aber es erscheint nicht. Man bringt mir sogar Speisen an den Tisch. Speisen, die ich imstande bin zu essen,

Getränke, die ich leeren kann. Offenbar bin ich also doch nicht tot. „Buona sera, gentile Dottoressa". Der Oberkellner hat heute die besten Manieren. Ich muss nicht mehr nach dem kleinen Jungen schauen, dennoch verstecke ich mich ein wenig hinter der orangenen, bauchigen Vase. Es ist Halloween. Als Vorspeise wird eine Art Finger gereicht, gebacken und unerfreulicherweise täuschend echt aus-sehend. Ein leichenblasser Finger mit einer hauchfeinen Mandelscheibe als Fingernagel. Der Finger ist leicht gekrümmt. Genau sieht man die jeweiligen Glieder. Der Koch scheint über ganz besondere anatomische Kenntnisse zu verfügen. Ich schiebe den Finger mit der Gabel unter den Salat und weigere mich ihn zu essen. Als Hauptgang gibt es etwas, das an ein menschliches Gehirn erinnert, eine furchtbare Masse, die aber erstaunlich gut schmeckt. Nachdem ich die Vorspeise ausgelassen hatte, wird mein Hunger nun doch zu groß, um auf dieses matschige Etwas zu verzichten. Zum Nachtisch gibt es fein gebackene Totenköpfchen und zuhauf Schokoladenfledermäuse mit einer extra Portion Kuvertüre an den Flügeln. Sie schmecken ausgezeichnet. Nun ja, offenbar bin ich tatsächlich noch nicht tot. Neben mir sitzt eine blonde Italienerin mit riesiger Nase, ausschweifender Familie und Hexenhut. „Cara Signora!", sie lächelt mich an. Also kann auch sie mich offenbar sehen. Der Oberkellner kommt, räumt ab, zackig, gekonnt. Will wissen, ob es mir geschmeckt hat. Ich nicke schwach und schleppe mich auf mein Zimmer. Erschöpft nage ich an meinem Proviant für die Nacht, einer Schoko-ladenfledermaus. Eigentlich bin ich bereits satt. Doch darf ich die eiserne Regel nicht brechen. Schon gar nicht an Halloween. Übermäßige Einsamkeit erfordert nämlich, ohne Ausnahme, Schokolade. Doch dann, wer weiß schon wie diese Dinge passieren, werde ich selbst zu dieser (etwas angenagten) Fledermaus. Kann das die Nebenwirkung eines Zuckerschocks sein? Wilde Halluzinationen, hervorgerufen durch jahre-langes Sich-Ein-kapseln? Davon konnte indes mittlerweile jedoch nicht mehr die Rede sein. Ich sauste an der Decke entlang, verließ, (auch das ist mir ein Rätsel), das Hotelzimmer ohne die Klinke zu nutzen, flitzte durch die Lobby, immer den Tönen nach hin zu der großen Halloween-Party, die, wie jedes Jahr, in diesem Hotel gegeben wird, und die mittlerweile einen geradezu legendären Ruf genießt. „Buona notte, Dottoressa". Ein etwas enthemmt grinsender Hexenmeister begrüßt mich ganz formvollendet, während die blonde Hexe, nebst Nase und Familie, um mich herumtanzten. Ja, auch die Nase tanzte zuweilen ganz für sich allein. Ein enormer Kronleuchter hatte die Feiergesellschaft in ein hoheitliches Licht gehüllt; Spinnweben hingen daneben herab, aus dem Nichts kommend, ein großer Kürbiskuchen und Punsch standen in der Mitte des

Raumes. Das Klavier spielte von selbst, und sogar, ich versichere es Ihnen, die Stühle und die Tische tanzten Mambo. Ich als kleine dunkle, flinke Fledermaus konnte nicht genug davon be-kommen in Windes Eile von der einen Seite des Raumes zur anderen zu gelangen und wieder zurück. Man glaubt ja nicht wie viel Energie man als Fledermaus so hat.

Möglicherweise wurde diese Energie gemeinsam mit meinem zuvor erfolgten Zuckerkonsum kumulierend auf die Spitze getrieben. Ich flog vornüber und hinten-über, dribbelte in der Luft, drehte mich wie ein Kreisel zu allen beliebigen Seiten- sogar zu solchen, die man außerhalb dieses Festes in der Regel nicht zu sehen bekommt, und fand mich schließlich in einer ganzen Kolonie weiterer Fledermäuse wieder. Diese hingen friedlich mit dem Kopf nach unten und ruhten sich offenbar ein wenig aus. Ohne zu zögern gesellte ich mich zu ihnen. An Halloween sollte, zumindest wenn sie mich fragen, niemand einsam sein. Eine Fledermaus, vor allem einem eine solche aus echtem Schokoladen-Butter-Keks-Teig am   aller-wenigsten. „Darf ich Sie denn zu Ihrem Zimmer geleiten, werte Dottoressa?", fragte in den frühen Morgenstunden dienstfertig der Hexenmeister. Ich kicherte ein wenig verlegen mit meinen viel zu spitzen Zähnen, willigte dann aber dennoch ein. So viel Liebenswürdigkeit durfte man unter keinen Umständen unbeantwortet lassen.

Der Fliederbusch

Kurz vor seinem 87. Geburtstag, zwei Tage um genau zu sein, starb Hubert Z. durch einen Leitersturz beim Versuch den Fliederbusch von störenden bräunlichen Stellen, ehemaligen Blüten, zu befreien. Die Blüten nahmen ihm das übel.
Sicherlich ist für uns Menschen die schwere Rachsucht einer so leichten, bereits abgestorbenen Blüte schwer nachzuvollziehen. Vielleicht war es auch mehr Empörung denn Rachsucht. Mit Sicherheit wird dies niemand sagen können. Nur ein Unfall, so wie dies später im Protokoll festgehalten wurde, ein Unfall ist es nicht gewesen.

Die Prinzenblum

Es war einmal eine Frau, die glaubte sie sei eine Prinzessin. Viele Nächte auf der Straße, und zahllose Flaschen des hochprozentigen Getränks, welches das Gehirn vernebelt hatten sie zu dieser Vermutung, aus der bald eine Überzeugung wurde, gebracht.

Eine Prinzessin jedoch, die viel lieber ein Prinz sein wollte.

Deswegen hielt sie sich auch nicht damit auf eine Prinzessin zu sein, weil das ja eine unverzeihliche Zeitverschwendung gewesen wäre - irgendwie. Aber ein Prinz zu sein, erschien ihr dann wiederum nach einer Weile auch nicht mehr das Richtige zu sein.

Eine Prinzenblum wollte sie also sein, mit blauer Blüte und gerader Haltung.

Gerade so wollte sie auf der Wiese stehen und darüber hinaus nichts Anderes machen.

Ob es ihr gelungen ist, weiß ich nicht. Ab und an berichtet ein verstreuter Wanderer in den Schweizer Alpen, ganz weit oben, kurz vor der grünen Grenze über eine solche Blume, doch könnte dies immerhin auch ein Zufall sein.

Die Prinzessin selbst, die erst eine Prinzessin, dann ein Prinz und zum Schluss möglicherweise eine Prinzenblum war, ist nicht wieder gesehen worden. Vermisst wurde sie dennoch, denn obwohl man früher immer den Kopf geschüttelt hatte, wenn sie mit ihren Ideen um die Ecke gekommen war, so sehr vermisste man nun das, was sie ausgemacht hatte. Langweilig war es ohne sie geworden- daran gab es nichts zu rütteln.

Daher begann man, zum ganz offensichtlichen Zeitvertreib, schöne Geschichten von ihr zu erzählen.

Schönere Geschichten als sie ihr das Leben selbst geschenkt hatte. Weitaus schönere.

Es waren Geschichten aus ihrer Zeit als Prinzessin, aus ihrer Zeit als Prinz und auch aus ihrer Zeit als Blume.

Das meiste war selbstverständlich frei erfunden, bunt ausgeschmückt und abenteuerlich, aber ich bin mir sicher, dass sie das nicht gestört hätte. Im Gegenteil.

Una fiora

Una fiora. Er war kein Italiener und trotzdem möchte ich mit ihm weder das deutsche Wort „Blume" nicht in Verbindung bringen noch mich der Tatsache beugen, dass es im italienischen männlich ist.

Vielleicht eine gewisse Sturheit meinerseits, oder aber der Wille ihm auf eine Art gerecht werden zu wollen, die sich über alle Sprachgrenzen leicht zu erheben weiß. Una fiora, einfach nichts, das ihn begrenzen, *kleinen* sollte, dass ihn in etwas verwandeln sollte was er nicht war

Ich glaube, dass mir zeitlebens niemals etwas oder jemand Schöneres begegnet ist, und warum ich ihn daher für mich haben wollte dürfte wohl unmittelbar nachvollziehbar sein. Er war zu nichts Nutze. Alles an ihm diente lediglich dazu, das Leben der anderen Menschen etwas schöner zu machen. Verlockend, ich weiß. Dennoch, ich kann bis heute nicht sagen, warum, bin ich dieser Versuchung niemals erlegen. Vielleicht war es seiner Schönheit, die auch die meine ans Licht gebracht hatte, geschuldet.

Rosenfrost

Wieso Koch es auf mich abgesehen hatte, weiß ich nicht, doch hasste er mich mit der Inbrunst eines einst geschlagenen Hundes, welcher, da nun außerstande seinen wahren Peiniger kräftig zu beißen, sich also angemessen an ihm zu rächen, sich hierfür nun mich erwählt hatte. Da er Hausmeisterarbeiten an unserem Haus vollführte und gelegentlich auch sonst durch gemeinschaftlich genutzte Räume des Hauses gehen durfte, spielte er mir Streiche. Sie waren scheinbar klein, ein achtlos zu Boden geworfenes Bild meiner verstorbenen Mutter, kleine Löcher in der Holztür, Bücher, die er von einem Tischchen geworfen hatte, Dreck auf dem hellen Boden, Hinterlassenschaften von seinen Schuhen und böswillig laut zugeworfene Türen. Seine Streiche, ich muss sie so nennen, denn es deutete nichts an ihnen auch nur annähernd auf einen Zustand allgemeiner Reife hin, so böswillig sie auch waren, immer noch kam der ohnmächtig-empörte Welpe hindurch der sich seiner damaligen Hilflosigkeit auf ärgerliche Weise nach wie vor bewusst war. Heimlich lachte ich über ihn, wollte mir das aber nicht anmerken lassen, um ihn nicht noch mehr zu erzürnen. Unterdessen unterlief ihm ein großer Fehler, welcher sich meinem Einflussbereich entzog. Es begann am Tag des großen Schneefalls, und Koch war boshaft energisch damit beschäftigt den schweren, nassen Schnee auf die Pflanzen in meinem Vorgarten zu werfen, auf dass sie erfrieren und ersticken sollten.

Auch die hohe Rose, welche mir meine mittlerweile verstorbene Nachbarin, eine außerordentlich schöne und zugleich resolute Frankfurter Jüdin, geschenkt hatte, war von Koch zerstört worden. Mit ihr nun, der Schenkerin jener Rose, hätte er sich weder im Leben noch, wie nun geschehen, im Tod anlegen sollen.

Ich weiß nicht wie sie es geschafft hat, doch starb Koch nur einen Winter später, auf rätselhafte Weise und von schweren Schneemassen bedeckt, in meinem Vorgarten. Seine rechte Hand ragte mit dicken, steifen Fingern unter der harschen Schneedecke hervor wie eine erfrorene Pflanze. Man fand reichlich Tauwasser in seiner Lunge. Das ohnehin zeitlebens hässliche Gesicht hatte durch die leichten Erfrierungen nicht an Schönheit dazugewonnen. Zumindest wies nichts darauf hin. Die hellen, fischigen Augen glotzten nun dumm ins Leere, die plump geformte Stirn, auf der ein kleiner, blonder Flaum spärlich gewachsen war, wirkte nun sogar noch ein klein wenig alberner als zu seinen unseligen Lebzeiten, die Nase wirkte gar noch ein wenig klobiger, seine Lippen waren blau und verzerrt, was seiner Larve einen gequälten Ausdruck verlieh. Indes- was weiß ich schon, was kann ich sehen?

Nicht mehr als die grauenvolle Hülle, nicht mehr als den abscheulichen Menschen, zu dem er sich irgendwann entschieden hatte zu werden, zu dem etwas in ihm sich entschieden hatte zu werden.

„Wer weiß", dachte ich bei mir, als ich von seinem Tod erfuhr und vor das Haus getreten war, „vielleicht ist er jetzt dort, wo sich seine allzu jämmerliche Seele zurückgezogen haben mag, erblüht".

Was wusste ich davon, was sich letztlich hinter all dieser Abscheulichkeit, hinter der ganzen, der tiefen Erbärmlichkeit seines Wesens verbarg?

Was würde womöglich rein und weiß, womöglich zum Vorschein kommen?

Noch während ich in solche Gedanken versunken am Rand meines Gartens stand, frierend und ein wenig erschöpft, wurde Koch, der nun zu einem Namenlosen geworden war, in einen graudunklen Plastiksack mit Reißverschluss verpackt und eifrig weggetragen.

Eine Schaulustige scharrten, bereits halb gelangweilt, mit den Füßen um die Kälte zu vertreiben, schließlich gaben sie auf. Koch war wohl nicht mehr interessant.

Es vergingen ein paar Tage mit weiterem Schnee, schließlich dann gewann die Sonne an Strahlkraft, erste Schneeglöckchen trieben aus.

Danach verlor er sich aus meinen Gedanken.

Die Rose hingegen, totgeglaubt, erblühte im sich anschließenden Frühjahr neu.

Klára Sedlo, Prag

Claudia J. Schulze
Studium der **Literaturwissenschaften, Psychologie, Kognitionswissenschaften** und **Philosophie** in Freiburg, Zürich, Karlsruhe und Konstanz. Abschluss in Pädagogischer Psychologie mit Literatur-Didaktik, Promotion in Freiburg.

Redaktionsmitglied der Literaturzeitschrift **WANDLER**

Mitglied der **Konstanzer Autorengruppe** *„Literarisches Café"* und des **Steinbachensembles** (Baden- Baden)

Veröffentlichung mehrerer Kurzgeschichten sowie Lyrik und Auszüge längerer Erzählungen in unterschiedlichen Literatur-Zeitschriften in Deutschland, Österreich und der Schweiz (Wandler, cet, Am Zeitstrand, decision, Anthologien wie die Bibliothek deutschsprachiger Gedichte, Hörbücher (In den Schuhen der Welt, Nachtflüge) Print- & Online-Veröffentlichungen, Print-On-Demand. **Autorengruppen in sozialen Netzwerken mit Veröffentlichungen**

Veröffentlichung mehrerer Rezensionen (Print- und Online), Bibliothek deutschsprachiger Gedichte, Slam-Poetries, zahlreiche Autorengruppen und Literatur-Blogs.

Brainterror enthält

Auszuge aus den Büchern und Sammlungen:

Lebenszeichen reloaded © 2017 ISBN: 9783744801638

Glückspillen reloaded © 2017 ISBN: 9783744890175

Des Wahnsinns Beute ©2017 ISBN: 9783744898812

Lebenszeichen (Audiobook) Hörbuchmanufaktur Berlin © 2017

Früher Frost (Audiobook), Hörbuchmanufaktur Berlin © 2017

Glückspillen (Audiobook), Hörbuchmanufaktur Berlin © 2017

Der Tote, BOD, ©2020

Famille heureuse, BOD ©2020 Und die Bonus-Geschichten (Klavier im Wald, Tochter der Nyx, Tchechov (gekürzt), Im Schatten, Der Schlangenmensch, Ein lachender Tod, der Tote, Männerbrüste, das Geschenk, Die Feder am Fenster, der Lakai, Weltliteratur, Rosenfrost, Leere, Bob Dylan, 48 Kilo).

Im Buchhandel und direkt bei **BOD** zu bestellen.

(Audiobooks gesprochen von Werner Wilkening und Lisa Müller. Musik: Patrick Gregor Braun und ARTEMIS) Zu erhalten z.B. bei Audible oder bei der Hörbuchmanufaktur Berlin.

Kontakt zur Autorin: CJ.Schulze@gmx.de; Sonderedition 2020 ausgewählt von der Autorin

Lektorat: Matthias Ziebarth, Frankfurt a. Main Dieses Buch ist ihm gewidmet. Er starb viel zu früh und war mir über viele Jahre eine große Inspiration. Lieber Matthias, Du bleibst unvergessen – und zumindest für mich – unerreicht. Danke für Deine konstruktive Kritik und Deine Anregungen.

Bilder: Klara Sedlo (Prag);

Ausnahme: Titelbild und Bild zu Brainterror (Thanatophobia) von der Autorin, Claudia J. Schulze.